史存直 著

商務印書館

本書中文繁體字版由中華書局（北京）授權出版

文言語法

編　　著：史存直

責任編輯：鄒淑樺

封面設計：涂　慧

出　　版：商務印書館 (香港) 有限公司

　　　　　香港筲箕灣耀興道 3 號東匯廣場 8 樓

　　　　　http://www.commercialpress.com.hk

發　　行：香港聯合書刊物流有限公司

　　　　　香港新界荃灣德士古道 220-248 號荃灣工業中心 16 樓

印　　刷：中華商務彩色印刷有限公司

　　　　　香港新界大埔汀麗路 36 號中華商務印刷大廈

版　　次：2020 年 11 月第 1 版第 3 次印刷

　　　　　© 2017 商務印書館 (香港) 有限公司

　　　　　ISBN 978 962 07 0499 4

　　　　　Printed in Hong Kong

目　錄

第一章　緒論

1.1　從本書的定名談起 1

1.2　為甚麼要學習文言語法 2

1.3　怎樣學習文言語法 3

1.4　文言語法的體系問題 4

1.5　本書的體系是怎樣建立的 5

1.6　文言語法和白話語法之間的差異 7

1.7　其他若干交代 9

第二章　句法概說

2.1　甚麼是句子 13

2.2　句子的分類 14

2.3　句成分 17

2.4　從句成分看詞組 20

2.5　分析句子的層次 22

2.6　句子的特殊成分 25

2.7　關於圖解 27

第三章　詞法概說

3.1　甚麼是詞...31

3.2　詞類...32

3.3　實詞和虛詞...35

3.4　從句成分看實詞的分類 36

3.5　實詞的附類 40

3.6　詞性和詞性轉換（詞的活用）.....................44

3.7　虛詞的分類 47

3.8　詞法中的幾個特殊問題 52

第四章　主語、謂語

4.1　主語...56

4.2　無主句 58

4.3　謂語...59

4.4　把句子按內容劃分為判斷句、敘述句和
　　　描寫句為甚麼難以掌握 62

4.5　施事、受事和能動、被動 65

4.6　"被動"在漢語中是怎樣表現的.....................67

4.7　從施受關係看主語的分類 69

4.8　直接連繫主語中心詞
　　　和謂語中心詞的分析法要慎重使用.................71

第五章　賓語、補語

5.1　動詞的賓語和介詞的賓語 72

5.2　賓語的分類 76

5.3　賓語的充任者 79

5.4　補語的類別和充任者 81

5.5　賓語和補語的位置 84

第六章　定語、狀語

6.1　定語的充任者 87

6.2　定語的位置 89

6.3　前加狀語 91

6.4　後附狀語 94

6.5　和狀語有關的若干問題 96

第七章　名詞及其附類

7.1　漢語的名詞要不要再分為幾小類 99

7.2　漢語的名詞有沒有形態 100

7.3　名詞的活用 101

7.4　時間詞、處所詞、方位詞 103

7.5　時間詞、處所詞、方位詞的範圍 106

第八章　表詞和表詞結構

8.1　表詞和表詞結構總述 108

8.2　助動詞 109

8.3　表詞的類別和活用 112

8.4　表詞有沒有形態 117

8.5　表詞結構 120

8.6　特殊表詞 124

第九章　副詞

9.1　副詞的語法功能和類別 128

9.2　時間副詞 130

9.3　程度副詞 132

9.4　性狀副詞 133

9.5　範圍副詞 134

9.6　語氣副詞 135

9.7　副詞的連接作用 136

第十章　數量詞

10.1　基數和序數 138

10.2　分數、倍數 139

10.3　概數、不定數及問數法 141

10.4　名量詞 142

10.5　動量詞 144

10.6　數量詞的語法功能 145

第十一章　代詞

11.1　代詞總述...147

11.2　人稱代詞...148

11.3　人稱代詞的謙稱和尊稱 151

11.4　人稱代詞的複數表示法 153

11.5　指示代詞...155

11.6　疑問代詞...159

11.7　其他代詞...161

第十二章　介繫詞

12.1　介詞總述...164

12.2　"於"（于）...167

12.3　"以"...172

12.4　"為"和"與"...173

12.5　其他介詞的用法 176

12.6　介詞的倒置 178

12.7　連詞...179

12.8　間詞"之"..183

第十三章　助詞、感歎詞

13.1　語首助詞和語中助詞...186

13.2　語末助詞"也"、"矣"...189

13.3　語末助詞"焉"、"耳"（爾）.....................................192

13.4 語末助詞 "乎"、"耶"（邪）、

　　 "歟"（與）、"為" 194

13.5 語末助詞 "哉"、"夫"、"兮" 197

13.6 其他語末助詞 199

13.7 語末助詞的連用 202

13.8 感歎詞 203

第十四章　複句

14.1 複句概述 205

14.2 等立複句（上）——並列、推進、選擇.............206

14.3 等立複句（下）——承接、轉折、倚變.............208

14.4 主從複句（上）——時間、原因、目的.............211

14.5 主從複句（中）——假設、條件...................213

14.6 主從複句（下）——讓步、比較...................215

14.7 多重複句 216

第十五章　省略

15.1 省略 219

15.2 對話省 220

15.3 承前省 221

15.4 蒙後省 223

15.5 習慣省 224

15.6 特殊省略 225

附錄 228

第一章　緒論

1.1　從本書的定名談起

本書所談的內容，現在通稱為"古代漢語語法"。可是我考慮到"古代漢語"和"現代漢語"的界限，以時代來劃分倒不如以文白來劃分比較明確，所以就放棄了"古代漢語語法"這個新名稱，而採用了"文言語法"這個舊名稱。

從漢語的發展歷史來看，"白話"（主要指書面化的白語）和"文言"並存的局面就相當長。我們談白話語法既不能專舉現代的例子而置宋元以來的白話著作於不顧，我們談文言語法就更不能專舉周秦兩漢的例子而把唐宋以後的文言文不放在考慮之內。

有些"古代漢語語法"書的著者很明顯地感到了按時代來劃分文白的困難，於是就編造理由說："文言文是在先秦口語基礎上成的……所以我們研究文言語法就應當以古代文言文為主要研究對象。"這樣的話可能會使人們發生兩種誤解。第一種誤解是以為上古真有過書面語和口語完全一致的時代；第二種誤解是研究文言文必須以先秦的著作為主要研究對象。

依我看來，上古的書寫工具既然那麼簡陋不便，就根本不可能有過文白完全一致的時代。上古時期的書面記錄有很多都不過是幫助記憶的東西，讓後代人讀起來往往需要絞盡腦汁去"判讀"，實際上帶有猜測性質。不僅甲骨文、金文如是，甚至兩千多年來被視為經典的《書經》、《詩經》也未必就和當時的口語怎樣接近。一般地説來,古書在傳寫上的錯誤以及蛀蝕殘缺,讓現代人讀起來有許多地方不能理解,因此研究文言文是否必須以先秦的著作為主要對象也就值得懷疑。我認為,一部文言語法把重點放在先秦兩漢抑或放在唐宋,應考慮讀者的水平靈活處理,不能死死地規定以先秦為重點。

又有人把唐宋以前的漢語算作古代漢語,把"五四"以後的漢語算作現代漢語,而把元明清三代的漢語看作過渡階段,我看也大成問題。

這樣一想就知道,用"古代漢語語法"這一新名稱來代替"文言語法"這一舊名稱,是只會引起麻煩,並沒有甚麼好處的。

1.2 為甚麼要學習文言語法

五四運動以後,文言文已經為白話所代替。從現代人的眼光看來,文言文可以説是已經死去的語言。而且用文言文所寫的古書,絕大多數都有封建時代的舊思想。那麼我們是否還有必要去讀那些古代著作呢?要弄清這個問題,我們首先就要認識文化的歷史繼承性。

任何民族的文化都是歷史發展的結果,而不是少數聰明人在突然之間憑空創造出來的,更不是突然從天上掉下來的。我們漢族的文化史,即使把殷商之前的階段除去不算,只從西周時代起,也足足有三千年之久。這三千年之久的文化遺產可以相信是非常豐富的。這筆豐富的文化遺產主要包含在歷代的各種著作中,而歷代的各種著作大都是用文言文寫的。雖也有一部分是用白話寫的，但在數量上和質量上都遠不能和文言著作相比。因此，為了接受歷代的文化遺產，我們就必須有閱讀文言文的能力。這樣一說就可以知道文言語法知識是非常有用的了。

1.3 怎樣學習文言語法

講清了學習文言語法的重要性之後，似乎該講一講學習文言語法的方法問題了。

既然文言語法也是漢語語法的一種，就不難想像，我們要掌握它就決不會像掌握外語語法那樣困難。而且，如果我們知道任何語言的語法都有很強的系統性，因而有很大的穩固性，那麼我們也就會明白，漢語的文言語法和白話語法之間的差異並不太大。

道理雖是這樣，可是為甚麼人們根據自己的經驗總覺得文言文難掌握呢？要知道，文言文之所以難掌握，並不是由於文言和白話之間的語法差異大，而主要是由於文言和白話之間在詞匯上有較大差異的原故。

就各種語言的詞匯來說，除了日常生活中常用的基本詞匯還比較穩固之外，其他一般詞匯總是隨着歷史的發展、生活方式的改變和外來事物的接觸而不斷變化的。甚麼常用的基本詞匯也並非絕對穩固不變的。例如現代白話用"眼睛"的地方，古代文言卻用"目"；現代白話用"跑"所表示的行為，古代文言卻用"走"來表示。

即使就語法的差異來講，也不能單純考慮用詞造句的格式這一點。若單就用詞造句的格式來看，文言和白話之間的差異實在極其微小。可是我們千萬不能認為語法和詞匯是兩種絕緣的東西。它們實際上是語言的有機構成的兩個方面。語法既離不開詞匯，詞匯也離不開語法。兩者互相脫離，哪裏還會有語言存在呢？為使大家能深入一步了解這一點，我不妨先提出所謂"虛詞"讓大家想一想，它們和語法有怎樣的關係。而在實詞中有一部分，如代詞之類，也顯然是和語法有關係的。即使是一般的實詞，如果我們聯想到實詞的詞性和詞性轉換，也莫不與語法有關。像印歐語的詞形變化就更加是語法中的一項主要內容了。

這樣一談，大家就能了解文言文所以難掌握的道理，同時也就能知道學習文言文的正確方法：不能單靠學習文言語法，學習文言語法只能起輔助作用，更加重要的還在多閱讀文言文。

1.4　文言語法的體系問題

這裏所講的體系問題，並非指客觀存在的語法體系，而是指語法學家所建立的語法體系。正如客觀存在的白話語法體系只有一個而語法學家所建立的白話語法體系可以有多種似的，語法學家所建立的文言語法體系也可以有多種。

從人們的主觀願望來說，莫不希望自己所建立的語法體系儘量符合客觀存在的語法體系。可是由於各人所採取的觀點和方法不同，因而他們所建立起來的語法體系和客觀存在的語法體系之間的差距也就有大有小。因此，學習者在學習文言語法時就不能不對文言語法書有所選擇。很明顯，選擇得好就可以收到比較好的效果，選擇得不好也就只能收到較差的效果。

我們還應該想到，人們在學習文言語法之前，多半已經學過某種白話語法。如果他過去學白話語法時選用了某甲的著作，到後來學文言語法時又選用了某乙的著作，而這兩本著作在體系上又有很大的出入，那就不但會降低學習效果，甚至還會使學習者的思想陷於混亂，發生厭惡學習的情緒。這樣的情況當然是應該儘快克服的。我們希望各種語法體系能很快地統一起來，可是要達到真正的統一，就必須經過討論協商，經過百家爭鳴。學術上的問題是不能用命令的方式來解決的。

1.5　本書的體系是怎樣建立的

　　既然語法體系的統一問題目前還難望立即解決，那麼每本語法書最好能在開頭就說明自己所採用的是怎樣一種體系，這個體系又是根據哪些原則建立的。

　　現在就來談談我這本書的體系所根據的原則。

　　我十分重視語法體系的統一性。體系而沒有統一性，那就不足以稱作一個體系。在一個體系內部，這一部分和那一部分抵觸，固然明顯地是沒有統一性；即使在表面上看不出抵觸，但因為某一部分處理得不好，因而使另一部分發生了難以處理或處理不當的結果，也要說是缺少統一性觀點。在政治經濟領域裏，人們常常強調"全國一盤棋"思想，我體會到，結構主義的創始人 F.de Saussure 在他的《普通語言學教程》（*Cours de Linguistiq ue Generale*）中用下棋作比喻所表達的思想，也不外乎強調語言是一個統一的體系。可是現在的美國描寫語言學派雖自稱為"結構主義"，卻沒有重視語法體系的統一性。他們甚至在分析一個句子的時候也沒有重視句子的統一性，因而採用所謂層層二分法，把句子分析得支離破碎。

　　語法體系的統一性也表現在形式和內容的統一上。只簡單地按詞序處理問題，把句子開頭的名詞一律看作主語，把動詞後面的名詞一律看作賓語，難道不正是形式和內容相脫離的辦法嗎？

　　還有詞法和句法如何統一的問題也是應該好好考慮的。一般語法書雖然也談了詞有哪些類，句子結構有哪些成分，哪一類詞可以充當哪些成分，可是多半都沒有把詞法和句法的關係交代清楚。甚至像美國描寫語言學還主張按照詞的搭配功能來劃分詞類呢！照這樣，句法還要不要講呢？

　　我看到這種情形，所以在《關於漢語語法體系》一文中就明確提出了三項根本原則：

　　1. 句本位原則；

　　2. 形式和內容對勘而以形式為綱的原則；

　　3. 句法與詞法對勘而以句法為綱的原則。

　　這三項原則可以說就是統一性原則的具體運用，而不是統一性原則之外的東西。所以後來在根據這些原則寫《語法新編》的時候我說：

　　　　我首先對一切句子做了全盤考慮，對句成分做了一番釐定工作，因而用六個句成分就能徹底分析一切句子，消除了所謂"複雜謂語""連動式"那些不徹底的地方，也否定了部分脫離整體的所謂"遞係式"和形式脫離內容的所謂"存現賓語"等錯誤分析。

我又對句成分之間的互相關係做了一番認真的清查，把六個成分劃分為三個層次，認為這樣的層次勝於描寫語言學的層層二分法。對於詞分類，我堅決主張採用詞在句子裏的功能為標準，反對所謂搭配功能，以及由搭配功能脫胎來的"鑒定字"説。

　　現在我寫這本《文言語法》仍舊採用在《語法新編》裏所用的體系。不過，文言和白話既有一些客觀的差別，也就不可能在體系上保持絲毫不變。

1.6　文言語法和白話語法之間的差異

　　既然客觀存在的文言語法體系和白話語法體系之間並不完全相同，那麼我們先把兩者之間的差異指出來，對於學習者掌握文言語法體系或許會有一定幫助。不過把大小多種差異一齊都指出來，也許會使人感到繁瑣難記，可能會發生相反的作用，所以只選擇比較重要的差異寫在下面。

　　（一）文言在詞序上沒有白話那麼規律。

　　詞序和虛詞乃是漢語的兩種主要語法手段。因而漢語的詞序無論就文言來看或是就白話來看，都是比較規律的。不過比較起來文言的詞序終究不如白話的詞序那麼規律。有若干例外最好能早一點把它記住：

　　在白話中，賓語一般都放在動詞後面，只有在特殊情況下才用提賓介詞把賓語提到動詞前面。在文言中，賓語雖然也一般放在動詞後面，可是當用疑問代詞作賓語或在否定句中用代詞作賓語時，一般都放在動詞前面。如：

　　　1. 吾誰欺，欺天乎？（**論語・子罕**）

　　　2. 君子病無能焉，不病人之不己知也。（**論語・衛靈公**）

　　（二）文言中的詞類活用現象比白話中的多。例如：

　　　1. 今王與百姓同樂則王矣。（**孟子・梁惠王上 ── 前一王字屬一般**

用法，讀陽平，意為國王；後一王字屬活用，讀去聲，意為"有天下"。）

2. 上胡不法先王之法？（呂氏春秋·察今 —— 後一法字屬一般用法，意為法律制度；前一法字屬活用，意為"取法"。）

3. 君君臣臣，父父子子。（論語·顏淵 —— 上字為名詞，下字為表詞。[1]）

4. 晚來天欲雪。（白居易，問劉十九 —— 意為"下雪"。）

（三）在詞類活用中，有兩種比較特殊的活用，在白話中少見，而在文言中則常見，即動詞、象詞的"致動用法"和名詞、象詞的"意動用法"是也。如：

1. 晉公使止之。（左傳·襄公二十七年 —— "止"字原為自動詞，在本句中則轉為他動詞，意為使止。）

2. 匠人斷而小之。（孟子·梁惠王下 —— "小"字原為象詞，在本句中則轉為他動詞，意為使小。）

3. 世祖愈美其意。（後漢書·馬武 —— 以為美也。）

4. 諸侯用夷禮則夷之。（韓愈，原道 —— 後一夷字意為以夷狄視之。）

（四）詞類的語法功能在文言、白話中也有不一致的地方。如名詞用為狀語在白話中罕見，而在文言中則比較常見。如：

1. 夫匈奴之性，獸聚而鳥散。（史記·平津侯主父列傳 —— 謂聚時如獸，散時如鳥也。）

2. 嫂蛇行匍伏。（國策·秦策 —— 謂匍伏而行如蛇也。）

3. 齊將田忌善而客待之。（史記·孫子吳起列傳 —— 謂待之如客也。）

1　編者按：本書中"表詞"相當於一般語法書上的動詞與形容詞，"象詞"相當於形容詞，"他動詞"相當於及物動詞，"自動詞"相當於不及物動詞，"兼性詞"相當於兼類詞，"間詞"相當於結構助詞，"漠指"相當於虛指。

（五）文言中的省略現象比白話中為多。如：

　　1. 孔子下，欲與之言，趨而避之，不得與之言。（論語・微子
　　　── 第三分句和第四分句均省去主語。）

　　2. 請京，使居之，謂之京城大叔。（左傳・隱公元年 ── 各分句
　　　均省去主語。"大"音 tài。）

（六）文言中的間詞"之"略等於白話中的間詞"的"，但
"之"有一個特殊作用卻不見於"的"字，即加在主謂結構之間，
把主謂結構變為偏正結構是也。如：

　　1. 道之不行，已知之矣。（論語・微子）

　　2. 願伯具言臣之不敢倍（背）德也。（史記・項羽本紀）

　　3. 悍吏之來吾鄉，叫囂乎東西，隳突乎南北。（柳宗元，捕蛇者
　　　説）

這一點雖似小事，實際上也是掌握文言文的一個關鍵。

　　文言和白話的差異當然還不止以上這些，但在一開始就把兩
者的差異儘量羅列，對於學習者未必有好處，所以這裏先選擇重
要的列舉一些，其他則留在後面適當的地方再談了。

1.7　其他若干交代

　　上面我既聲明我在寫本書時基本上採用了《語法新編》中所
採用的原則和架子，那麼為了節省篇幅，有些問題，如"甚麼是
語法"、"為甚麼要學習語法"、"語法學的範圍"、"語法學的內
容"、"語法和句法的關係"、"語法規律何以不同於自然規律"等
等都就可以從省。讀者如感到有必要，可以就《語法新編》去檢
查。在找不到《語法新編》的時候，暫置不問也無大礙。只有關

於本書所用的術語卻有兩點要交代一下。

我既認為語法是研究用詞造句規律的一門學問，那就必然認為詞和句是語法的兩極：一個是語法的最小單位，一個是語法的最大單位。小於詞和大於句的就都不在我所要討論的範圍之內。那麼在這兩個單位之間還要不要設立其他單位了呢？從實際情況考慮，設立某些中間單位是有必要、也有方便的。特別是下列兩種單位必須先交代清楚。

（一）詞組 —— 這是一般語法書都採用的，似乎無須說明，其實不然。

首先，要把詞組的含義搞清楚。普通都說"詞組是兩個或者更多的詞的組合"，這個定義還不夠明確，例如："桌子上""三塊""紅的"算不算詞組呢？一般人對於這樣的問題似乎都不敢輕易作答覆。應該明白指出，通常所說的詞組，指的是由兩個或兩個以上的實詞按語法規律構成的某種組合。所謂"動賓詞組""動補詞組""偏正詞組""並列詞組"通常雖由兩個實詞構成，但如加以擴大，也就不限於兩個詞了。

其次，詞組和短語是否有區別？因為有的書上用詞組這個術語，有的書上用短語這個術語，再加上有的書上強調了短語有時並不短，只要不成為句的都是短語，因而就引起了學習者的誤解，以為短語不同於詞組。其實短語也就是詞組，只不過是隨人選用的兩個不同的名稱而已。

第三，詞組的兩個成分構成主謂關係的還算不算詞組？這樣的東西，有人稱它為子句，有人稱它為句子形式，也有人稱它為主謂詞組。本書採用最後一種辦法，認為把不成句子的東西一概算作詞組，頗便於掌握。

第四，關於詞組的分類。有些書按詞組在句子中的功能把它們分為名詞性詞組、動詞性詞組、形容詞性詞組、副詞性詞組等等。我認為這樣的處理是欠妥當的。因為就漢語來説，名、動、象、副等詞類在句中往往有多種功能，例如名詞既能充當主語、賓語，也能充當定語、狀語；動詞經名物化之後也能充當主語、賓語。我們怎能説充當主語或賓語的詞組就一定是名詞性詞組呢？所以對詞組進行分類就只能按它的內部結構來分，用"動賓""動補""偏正""主謂"這些名稱來稱呼它。

最後，也是最重要的一點，是關於詞組在語法中的地位問題。有些人不當地把詞組的地位抬得很高，認為它可以和詞、句鼎足而三，於是把詞組插在詞法和句法之間大講特講。我認為沒有這樣做的必要，因為詞組的內部結構和句子的內部結構大都相同，不必單獨另講，只在適當的地方略提一提就夠了。

（二）結構——這是一個頗有伸縮性的術語，它可以表示大大小小的任何語法結構，甚至也可以通用於詞的內部結構。所以採用這樣一個術語實在有不少方便：a. 詞組通常只限於兩個或兩個以上的實詞的結構，而結構則沒有這種限制。例如介詞帶賓語我們可以稱之為"介賓結構"，名詞帶方位詞我們可以稱之為"方位結構"，和白話"'的'字結構"相當的有"'者'字結構"等等。b. 當現在我們還使用漢字的時候，遇到不能判定某幾個漢字是否為詞，暫稱之為結構總是不會錯的。c. 詞組通常是能分析而且必須分析的，但在我們遇到兩個詞結合得非常緊密，認為不宜分析為兩個句成分的時候，也就可以稱之為結構。例如"助動詞＋表詞"可以稱為"表詞結構"。

除以上所談之外，其他術語有的和一般語法書相同，就不需要說明，有的雖和一般語法書不同，只要臨時簡單聲明一下就夠了的，就不作交代了。

第二章 句法概說

2.1 甚麼是句子

　　語法既以研究用詞造句的規律為任務，那麼首先就應該把
"甚麼是句子"弄清楚。關於"甚麼是句子"，大家似乎心裏都有
數。事實上，讓未學過語法的人對一篇文章進行斷句，多半是不
會斷錯的。可是要叫他給句子下個定義，他可就感到為難了。不
要說一般人對於甚麼是句子感到不易說得清楚，就是讓語法學家
來回答這個問題也照樣感到不易說得清楚。翻開各種語法書來看
的話，人們為句子所下的定義可以說是十分分歧的。

　　近來有些語法學家看到"甚麼是句子"這個問題不易得清
楚，於是又從西語言學著作中借來了一個新法寶，說句子有一定
的語調，我們靠語調就可以分清一個語言斷片是不是句子。甚至
有的語法書還為此詳細說明了各種語調。我看，這樣的主張雖然
能把一部分人嚇住，卻也會引起一部分人的懷疑。嘴裏說出來的
話固然有語調，但用筆寫出來的話又怎樣能知道它的語調呢？可
見這樣的主張即使對於現代的白話文也是難適用的，何況對於古
代的文言文！

　　句子的定義雖難下，但一般人熟悉了一種語言，自然就能知
道應該在哪裏斷句，或可以在哪裏斷句。因為人說話總是一句一
句說的，半句話通常就不能表達甚麼。根據一般人這一常識，我

們只記住"句子是實際使用的最小語言單位"也就夠了。

上述辦法對於我們所熟悉的現代白話文固然可用，可是對於我們所不熟悉的古代文言文又該如何呢？那看來就必須依靠熟悉古代文言文的人先把句子斷好，才能便於初學者學習。試看《禮記·學記》裏也說：

> 古之教者，家有塾，黨有庠，術有序，國有學。比年入學，中年考校。一年視離經辨志，三年視敬業樂羣，五年視博習親師，七年視論學取友，謂之小成；九年知類通達，強立而不反，謂之大成。

所謂"離經辨志"，不外就是"離絕經書的句讀，以辨明其意旨"的意思。這一步功夫，古人也要等到人大學之後才做，可見對古代文言文施句讀是不容易的。那麼初學文言文要靠熟悉文言文的人先把句子斷好，又有甚麼可非議的呢！

2.2 句子的分類

正和白話文的句子有單句和複句的區別一樣，文言文的句子也有單句和複句的區別。

1. 孔子行。(論語·微子)

2. 公孫閼與潁考叔爭車。(左傳·隱公十一年)

3. 仁遠乎哉？(論語·述而)

4. 此非君子之言。(孟子·萬章上)

5. 武安者，貌侵。(史記·魏其武安侯列傳)

6. 知者不惑，仁者不憂，勇者不懼。(論語·子罕)

7. 衣食所安，弗敢專也，必以分人。(左傳·莊公十年)

8. 庸人尚羞之，況於將相乎？（史記・廉頗藺相如列傳）

9. 相如雖駑，獨畏廉將軍哉？（史記・廉頗藺相如列傳）

10. 死或重於泰山，或輕於鴻毛。（司馬遷，報任少卿書）

在上列十個例句中，前五個是單句，後五個是複句。這是學過白話語法的人不難看出的。因為複句的結構分析必須以單句的結構分析為基礎，所以我就必須先講單句的結構分析，而把複句的結構分析放到後面講。

句子又可以按用途或語氣分為陳述句、疑問句、祈使句和感歎句四類。在這一點上文言也和白話沒有區別。如：

1. 顏淵死。（論語・先進）

2. 秦兵圍大梁。（史記・魏公子列傳）

3. 國子先生晨入太學。（韓愈，進學解）

—— 以上陳述句

4. 君子亦有惡（wù）乎？（論語・陽貨）

5. 足下何以得此聲於梁楚之間哉？（史記・季布欒布列傳）

6. 秦歟，漢歟，將近代歟？（李華，弔古戰場文）

—— 以上疑問句

7. 來！吾與爾言。（論語・陽貨）

8. 先生休矣！（國策・齊策）

9. 願公子忘之也！（史記・魏公子列傳）

—— 以上祈使句

10. 孝哉，閔子騫！（論語・先進）

11. 仁夫，公子重耳！（禮記・檀弓下）

12. 嗟乎，師道之不傳也久矣！（韓愈，師説）

—— 以上感歎句

就這四類句子來進行比較，其結構規律可以說基本相同。差別是疑問句、祈使句、感歎句往往添加語氣詞或歎詞，省略主語，乃至發生倒裝。由此可知研究句結構規律應該以陳述句為重點。

就單句的結構來看，絕大多數的單句都可以分析為主語和謂語兩部，但也有少數句子不能分為主語和謂語兩部分。所以單句又可以按結構分為雙部句和單部句兩類。如：

1. 孟嘗君 ‖ 不說（悅）。（國策·齊策）

2. 吾 ‖ 不忍其觳觫。（孟子·梁惠王上）

3. 臧氏之子 ‖ 焉能使予不遇哉！（孟子·梁惠王下）

4. 中庸之為德也 ‖ 其至矣乎！（論語·雍也）

5. 天之棄商 ‖ 久矣。（左傳·襄公二十二年）

6. 我之取天下 ‖ 可以百全。（史記·黥布列傳）

7. 都城過百雉， ‖ 國之害也。（左傳·隱公二年）

　　　　　　　　　　　　　　　　　　—— 以上雙部句

8. 庚辰，大雨雪。（左傳·隱公九年）

9. 有牽牛而過堂下者。（孟子·梁惠王上）

10. 秦時明月漢時關……（王昌齡，出塞）

11. 枯藤老樹昏鴉，小橋流水人家，古道西風瘦馬……（馬致遠·秋思）[1]

　　　　　　　　　　　　　　　　　　—— 以上單部句

拿雙部句和單部句相比較，不僅用的機會較多，而且語法的

---

[1] 像最後兩個例子，有些語法稱之為 "無謂句"，我認為不妥。因為有主無謂就不能稱為句子，既稱為句子，總是敍述了甚麼。不能認為名詞就只能充任主語，不能充任謂語。

目的既在於研究句子的結構分析，所以雙部句就應該成為分析的重點。

句子還能不能再作其他的分類了呢？例如有些語法書就把句子按謂語的不同劃分為體詞謂語句、動詞謂語句、形容詞謂語句、主謂謂語句。這樣的分類當然有用，但因為已進入到句成分的具體分析，不妨留到以後再講。

也有些語法書把句子按內容分為判斷句、敍述句和描寫句，但因為掌握起來有困難，所以本書不採用。

2.3　句成分

為了對句子進行結構分析，就必然要設立各種句成分。不論是講白話語法的還是講文言語法的，一般語法書大都設立了"主語、謂語、賓語、補語、定語、狀語"這些句成分。各書所用的術語雖然相同，可是這些術語所包含的內容卻可以大不相同。這本書的主語和那本書的主語可以不同；這本書的賓語和那本書的賓語也可能有出入。此外，在"補語"這個問題上也是各講一套。不僅各個句成分的管轄範圍可以因人而異，甚至句成分的總數也多少不一。設立六個成分的是多數，但也有設立五個或七個成分的。

看到這種情況，我感到在談句成分之前有必要略談一談我在設立句成分時所採取的原則。我為自己定下的原則是：

A. 就句成分的數目來説，要少而夠用。數目少，才便於掌握。但數目雖少卻要能對一切句子做徹底分析，不能像某些語法書那樣，在"複雜謂語"名義下保留一部分結構不加分析。

18

B. 在釐定各成分的管轄範圍時，既要以形式為綱，也不能使形式脫離內容。不能像某些語法書的"存現賓語"那樣，只能從形式上得到說明，卻不能從內容上得到說明。

在這兩個原則下，我雖也設立了"主、謂、賓、補、定、狀"六個成分，但我為這六個成分所定的管轄範圍卻不免與其他語法書有些出入。出入比較大的是"主、賓、補"這三個成分。

現在且對我所設立的六個成分一律作必要的說明。

甚麼是主語和謂語？ 這從前面講雙部句時所舉的例子就可以看出，主語是謂語的陳述對象，謂語是對主語作某種陳述的。因此主語和謂語乃是互相對待的。要明白，這種對待關係正是一種結構關係。不緊緊掌握住這一點，就有可能發生誤解，把主語當作說話人的陳述對象，那可就無意中離開了研究用詞造句的結構規律這個主要目的。

甚麼是賓語？ 當某些動詞（主要是他動詞）用在句子裏的時候，這個動詞由於意義上的關係需要帶一個賓語作為它所影響對象[2]。例如：

1. 國人謗王。（**國語・周語**）
2. 子不語怪、力、亂、神。（**論語・述而**）
3. 民不畏死，奈何以死懼之。（**老子・第七十四章**）
4. 我有攻城野戰之大功。（**史記・廉頗藺相如列傳**）
5. 寡人竊聞趙王好音。（**史記・廉頗藺相如列傳**）

有些語法書沒有強調賓語對需要賓語的動詞的從屬關係，反而被

2　這裏暫時只舉受事賓語為例，至於關涉賓語乃至介詞所帶的賓語，留到後面再談。

"賓""主"兩個字迷惑住了，説"賓語"是和"主語"相對待的，那實在是很大的錯誤。

　　甚麼是補語？　有些動詞用在句子裏由於意義上的關係需要帶一個補語；也有些動詞用在句子裏由於意義上的關係除需要帶賓語之外還需要再帶補語。如：

1. 長沮曰：夫執輿者為誰？子路曰：為孔丘。曰：是魯孔丘與？曰：是也。（論語・微子）

2. 以齊王（wàng），猶反手也。（孟子・公孫丑上）

3. 使子路反見之。（論語・微子）

4. 君命太子曰仇，命其弟曰成師。（左傳・桓公二年）

5. 令趙王鼓瑟。（史記・廉頗藺相如列傳）

6. 拜相如為上大夫。（史記・廉頗藺相如列傳）

7. 送兒還故鄉。（樂府詩集・木蘭辭）

我們必須強調"賓語"和"補語"對動詞的從屬關係，説它們是某個動詞的連帶成分，而不能説它們是謂語的連帶成分，因為帶賓語和補語的動詞也可以充當其他成分。

　　甚麼是定語？　定語是附在名詞前面[3]對名詞起限定、修飾作用的成分。例如：

1. 鄙賤之人，不知將軍寬之至也。（史記・廉頗藺相如列傳）

2. 毛先生以三寸之舌，強於百萬之師。（史記・平原君虞卿列傳）

3. 今日之事何如？（史記・項羽本紀）

4. 是子也，熊虎之狀而豺狼之聲。（左傳・宣公四年）

3　文言文的定語有時因修辭關係也可以放在名詞後面，這要説是例外。

5. 強國請服，弱國入朝。（賈誼，過秦論）

6. 宋義論武信君之軍必敗。（史記・項羽本紀）

7. 臣知欺大王之罪當誅，臣請就湯鑊。（史記・廉頗藺相如列傳）

甚麼是狀語？　狀語是附加在動詞、象詞（形容詞）、副詞乃至整個句子上對它們起疏狀、註釋作用的成分。例如：

1. 臣之罪甚多。（左傳・昭公二十四年）

2. 柳下惠為士師，三黜。（論語・微子）

3. 今乘輿已駕矣，有司未知所之。（孟子・梁惠王下）

4. 子非魚，安知魚之樂。（莊子・秋水）

5. 秦王怫然怒。（國策・魏策）

6. 君美甚，徐公何能及君也。（國策・齊策）

7. 師進，次於召陵。（左傳・僖公四年）

8. 吾祖死於是，吾父死於是。（柳宗元，捕蛇者說）

9. 郡中枯旱三年。（後漢書・于定國傳）

10. 殺人以梃與刃，有以異乎？（孟子・梁惠王上）

就上面所舉的例子來看，狀語有時附加在動詞、象詞前面，有時附加在動詞、象詞後面；附加在前面的可稱為前加狀語，附加在後面的可稱為後附狀語。前加狀語和後附狀語的作用雖微有不同，但不必看作兩種句成分，理由留到後面再說。

2.4　從句成分看詞組

在對各種句成分做了若干必要的說明之後，再來看各種詞組，就容易明白我在結論一章中說“詞組的內部結構和句子的內部結構大都相同，不宜讓它和詞、句鼎立而三”是有道理的了。

　　首先，主語和謂語結合起來就構成了主謂詞組，這是十分容易明白的。

　　其次，賓語、補語、定語、狀語和它們的中心詞結合起來就構成了四個偏正詞組，也是容易看出的。

　　只有所謂並列詞組（或稱聯合詞組）是另外一回事。並列詞組指的是兩個或兩個以上的詞以平等關係結合在一起構成一個句成分。

　　因此，從詞和詞的結合角度看，所謂詞組一共可以分為三類，即：

1. 主謂詞組……………………………………（對待關係）

3. 並列詞組……………………………………（並列關係）

　　為甚麼語法學要在詞和句之間設立詞組這一中間單位呢？因為設立這一中間單位在說明句結構時不無方便。為甚麼呢？因為句成分並非在任何時候都是由詞充任的，有時候也可以由詞組充任。就是說，詞組在句子裏也可以擔任詞所擔任的作用。它的功

_____

4　有一些動詞既帶賓語又帶補語，當然就會造成動賓補詞組。

能等於詞。既然如此，設立詞組這一單位自不無方便。

　　但我們也應看清，詞組的這種作用正像大建築物中的一個部件是由若干小材料構成的一樣。在計算整個建築物的結構強弱時，不論它的部件是由整材料造成的還是由若干小材料造成的，計算方法並無不同。

　　正因為如此我們才能說"語法是研究用詞造句規律的學問"，而不說"語法是研究用詞造詞組，再用詞組造句的學問"。道理這樣容易明白，卻偏偏有人想不清楚，主張詞組應與詞、句鼎立而三，因而他們在講完詞之後並不直接講句子，而是大講詞組，然後才講句子，以致造成許多不必要的重複。

　　上面把詞組分為主謂詞組、偏正詞組、並列詞組三類，大家當然能夠看出這種分類是按詞組的內部結構來分的。這樣的分類，無論在甚麼地方都不致發生甚麼毛病。然而有些語法書除這樣分類之外，還按詞組在句子中的功能把它分為名詞性詞組、形容詞性詞組、副詞性詞組等。這樣的分類顯然是從西洋語法套用來的。我們應該看清，在西洋語法中，詞性和詞的語法功能之間的關係比較簡單，這樣的分類並沒有多大毛病。然而在漢語語法中，詞性和詞的語法功能之間的關係就比較複雜（請參看下一章），而且詞性轉換又非常靈活，所以這樣的分類就未必適當了。

2.5　分析句子的層次

　　句成分原是為分析句子的結構而設立的，那麼我們在對句子作結構分析時要利用這些成分，可以說是理所當然的。可是在我們利用各種句成分對句子作結構分析時必須明白六個句成分之間是有層次區別的，不能平等看待。不了解這種層次區別，把六個句成分平等看待，在分析句子的時候就會陷於混亂。

六個句成分之間有怎樣的層次區別呢？大家請把前列的詞組分類仔細看一下就自然明白了。並列詞組是一個句成分內部關係，可以除外，剩下的主謂詞組和偏正詞組如果倒過來排列一下就成為：

對待關係……………主語、謂語……………主要成分

從屬關係 { 連帶關係…賓語、補語…連帶成分 附加關係…定語、狀語…附加成分 } 從屬成分

據上表看來，六個句成分可以分為三個層次，即主語、謂語算一個層次，稱為主要成分；賓語、補語算一個層次，稱為連帶成分；定語、狀語算一個層次，稱為附加成分。

把六個句成分分為三個層次本是舊語法體系中的優點，我認為應該吸取，不過我覺得把三個層次平列還不夠妥當，應該把連帶成分和附加成分合為一個大層次，稱為從屬成分，以與主要成分對立，那麼六個句成分的性質和相互之間的關係就更清楚了。

分析句子，第一步就要把句子劃分為主語和謂語兩個部分；至於從屬成分乃是從屬於某個中心詞的，決不能讓它們和主語、謂語處於同等地位。

把從屬成分再劃分為兩個小層次也是必要的。因為在分析句子的時候，做了第一步分析，即把句子劃分為主語和謂語兩部分之後，第二步並不能同時把賓語、補語、定語、狀語這四個成分一次都找出來，那樣就會造成混亂。而是要把定語和狀語勾出或劃去，把賓言和補語留下。這樣，句子的結構就自然清楚了。

在這裏我要附帶談一談某些人的一點小誤會。他們看到"附

加成分"這個術語就以為定語和狀語是可有可無的。應該承認，從表達的需要來説，定語和狀語決不是可有可無的。語法學家所以稱之為附加成分，正是從結構分析着眼，覺得把定語和狀語劃去，句子結構依然完整（也有例外），所以才把它們稱為附加成分，而賓語和補語的情形就不是這樣[5]。

最後還想附帶談兩個問題。

第一個問題：六個句成分的管轄範圍必須照我在本章第三節所劃分的那樣劃分，然後才能照上面所談的那樣分層次。如果對六個句成分的管轄範圍作了不同的劃分，那麼，句成分的層次也就必然要跟着改變。例如有些語法書接受了"前狀後補"的主張，把"後置狀語"算作"補語"，那麼這種"補語"就不能再是"連帶成分"而是"附加成分"了。因而他們就只好把六個成分分為兩個層次，即把"主、謂、賓"算作一個層次，"定、狀、補"算作一個層次。大家不妨研究一下，從句分析的角度看，到底是三個層次好還是兩個層次好。這樣一研究，就知道為了建立完善的體系，句成分管轄範圍的釐定是不能馬虎的了。

第二個問題：近來語法學界有不少人很欣賞美國描寫語言學派所提出的"直接層次分析法"，因而這種分析法不僅出現在一部分現代漢語教材裏，甚至也出現在一部分古代漢語教材裏。我不願在本書中花費篇幅介紹這種分析法，但我不妨指出一點請欣賞這種分析法的人注意，即一個複雜的句子分析成為那麼多的層次，怎樣能使人對那個句子得到統一而完整的印象？如果不能，那就説明這種新分析法還不如舊的"句成分分析法"有用。

5　我認為某語法書把"賓語、補語、定語、狀語"一律稱為連帶成分是有欠考慮的。

2.6 句子的特殊成分

前面所談的是分析句結構時常用的一些成分，除此之外還有幾種特殊成分也需要談談。

第一種是所謂"遊離成分"或"獨立成分"，如：

1. 噫！天喪予！天喪予！(**論語·先進**)
2. 惡（wū）！是何言也。(**孟子·公孫丑上**)
3. 而今而後，吾知免夫，小子！(**論語·泰伯**)
4. 夫差！爾忘越人之殺爾父乎？(**左傳·定公十四年**)
5. 故壘西邊，人道是三國周郎赤壁。(**蘇軾，赤壁懷古**)

這裏面，"噫""惡"是表示感情的歎詞；"小子""夫差"是向人打招呼的所謂"呼語"；"人道（是）"是所謂"插説"。它們的共同點是遊離在結構之外，不和其他部分發生結構關係，所以稱為遊離成分或獨立成分。

第二種是所謂複指成分，如：

1. 回也，其心三月不違仁。(**論語·雍也**)
2. 子路曰：願聞子之志。子曰：老者安之，朋友信之，少者懷之。(**論語·雍也**)
3. 鳥，吾知其能飛。(**史記·老子韓非列傳**)
4. 是疾也，江南之人常常有之。(**韓愈，祭十二郎文**)
5. 吾聞之也，君子不以所以養人者害人。(**孟子·梁惠王下**)

像上面這些例子，把句子中的一個成分放在句結構之外，又在句結構內的原位置上用一個代詞來代替它，內外重複出現，所以叫"複指"。放在句結構之外的，通常稱為"外位語"，用在句結構內的代詞，通常稱為"本位語"。句子所以做這樣安排的原因，有時是由於某一詞語先出現在腦海裏。就脫口說了出來，然後才想到全句的結構，於是就在句結構中補上一個代詞（如前四例）；有時是由於句結構本身複雜，先在句結構中用上一個代詞，然後再把這個代詞所代的東西補出（如最後一例）。

第三種是所謂"提示語"。

提示語可以說是一種未定成分。它並不是在"主、謂、賓、補、定、狀"之外的第七個句成分，只不過因為身分未定而又暫時需要一個名稱，所以我名之為提示語。

為甚麼需要設立這樣一個身分未定的成分呢？原來人們說話或寫文章的時候常容易把首先出現於腦際的實體詞先說出，並未考慮它在句子結構裏處於甚麼地位。也沒有像複指成分那樣在句子結構中的適當地位補上一個代詞。碰到這樣的句子，我們在分析時就要好好考慮一番。因為出現在句首的實體詞固然以主語為最多，但也不一定總是主語。所以我們不妨把出現在句首的實體詞暫稱為提示語，拿提示語和其餘部分相對照，從結構和內容兩方面考慮，才能恰當地斷定它是不是主語。如果不照這樣辦，而把句首的實體詞一律算作主語，有時就會把句子的結構關係弄得陰陽錯亂。現以

1. 三軍可奪帥也；匹夫不可奪志也。（論語・子罕）

2. 食無求飽，居無求安。（論語・學而）

3. 疇昔之羊子為政，今日之事我為政。（左傳・宣公二年）

4. 今日不雨，明日不雨，必有死蚌；今日不出，明日不出，必有死鷸。（國策・趙策）

這幾個句子為例來證明我的主張。在第一句中，"三軍"和"匹夫"是不是主語就成問題。如果我們在"帥"和"志"之前加上

個"其"字，"三軍"和"匹夫"就成了外位語。即使形式上不加
"其"字，而將句子解釋為"對於三軍，（　）能奪取（其）元帥；
對於匹夫，（　）卻不能奪取（其）志向"，就仍不是主語。在第
二句中，"食"和"居"就更顯然不是主語，因為解作主語，它們
對"求"字的關係就不好解釋了。全句必須解為"在吃食上不必
求飽，在居住上不必求安"。第三句也必須解為"對於前些日子的
羊肉，你作主；對於今天的事情，我作主"。雖然似乎也可以解
為"前些日子的羊肉由你作主；今天的事情由我作主"，但終覺不
如前一解釋與原句吻合。第四句就更有趣味。因為現在常見人主
張擴大時間詞、處所詞作主語的範圍，我就選了這個例子來請大
家考慮一下。説"今日""明日"是"不雨"的主語，似乎也還能
合乎人們的語感，但説"今日""明日"也是"不出"的主語，就
怕是任何人都不會接受的了。

2.7　關於圖解

　　圖解的目的本在於讓句子的結構一目瞭然，但是有的語法書
似乎忘記了圖解的這一目的，為求細緻的結果，竟把圖解搞得令
人望而生畏，一個結構比較複雜的句子，其圖解竟像一棵枝葉扶
疏的大樹，讓人一時找不出頭緒來。如果讓學生按照他們的辦法
來做練習，學生就會被弄得頭昏腦脹，結果是勞而無功。

　　為甚麼人們會搞出這樣一套勞而無功的圖解來呢？我認為他
們的毛病就在於一味追求細緻，要把一切的句子都一次分析到詞
為止。其實，分析句子只要分析到句成分也就夠了，並不一定要
分析到詞。如果句子的某一成分特別複雜，需要再分析，那也只

能作為另一個問題來處理,不要讓它和本句的分析攪在一起,一次解決[6]。

漢語的各種句成分在句子中通常有一定的順序。就白話來說,各種句成分的通常順序是:

(一) 就主語對謂語來說,通常是主語在前,謂語在後。但有時可以顛倒成為倒裝句。

(二) 就賓語和補語來說,通常都在中心詞之後,但賓語有時可以提前,甚至可以提到句首。

(三) 就定語來說,通常總是緊接在中心詞前面,少有例外。

(四) 就狀語來說,通常也緊接在中心詞前面或後面,但有時可以離開中心詞,插在別處,也可以提到句首。

這四條規律是否能適用於文言文呢?我們經過查核就可以知道,這四條規律大體上也適用於文言文,只有少數例外。這少數例外是:

甲、當用疑問代詞作賓語或在否定句中用代詞作賓語時,通常放在動詞前面,不過也有放在後面的。

乙、和白話的提賓介詞"把"字相當的文言詞似乎是"以"字和"將"字,但這兩字和"把"字的用法並不完全相同。

丙、在白話中,定語一放到中心詞後面就變得像是插敘,必須用逗號隔開,可是在文言中,定語後置卻有另外一種辦法,即用"者"字把中心詞重指一下。如:

1. 他小渠披山通道者,不可勝言。(**史記・河渠書**)

6　美國描寫語言學派所提出的"直接層次分析法"更是要分析到詞素為止,中間無法停留,所以就必然會使人對句子得不到統一而完整的印象。

2. 請益其車騎壯士可為足下輔翼者。（**史記・刺客列傳**）

3. 強秦之所以不敢加兵於趙者，徒以吾兩人在也。（**史記・廉頗藺相如列傳**）

像這樣，用"者"字重指中心詞的辦法把定語加在中心詞後面，卻是白話所沒有的。

除上述若干差異之外，可以説文言文的詞序和白話文的詞序沒有兩樣。因而我在《語法新編》中為白話語法所設計的圖解也照樣可以適用於文言文。即：

（一）用 ‖ 插在主語和謂語之間，以表示主語和謂語的分界。倒裝句可以同樣處理，也可以改用 ⸦⸧。

（二）用括弧（　）括去定語和狀語，以使其餘句成分的關係明晰。（但以限定詞組成謂語時不能這樣做）

（三）賓語、補語和它們的中心詞之間的關係，一般是容易看出的，遇必要時可以用 ｜ 插在它們之間。主謂詞組作謂語時，這個詞組的主謂之間也可以用 ｜ 隔開。

（四）賓語提前或狀語離開中心詞的，可以用 ⤴ 或 ⤵ 指示它們的結構關係。（但提前的賓語用了提賓介詞的，可以不再加標記）

現在且按上述的辦法來圖解幾個例子在下面。

1. 章邯 ‖（已）破 ｜（項梁）軍。（**史記・項羽本紀**）

2. 王 ‖ 賜 ｜晏子 ｜酒。（**晏子春秋・內篇雜下**）

3. 孝哉 ⸦⸧ 閔子騫！（**論語・先進**）

4. 子 ‖（不）語 ｜怪、力、亂、神。（**論語・述而**）

5. 君 ‖ 美（甚），徐公 ‖（何）能及 ｜君也！（**國策・齊策**）

6. 齊、晉、秦、楚，其 ‖ （在成周）微（甚）。（史記・十二諸
侯年表序）

7. 吾 ‖ 誰｜欺，欺｜天乎？（論語・子罕）

8. 甚矣⟋吾衰也（論語・述而）

9. 孰 ‖ 謂｜子產智？（孟子・萬章上）

10. 大道之行也，天下 ‖ 為｜公。（禮記・禮運 —— "大道之行
也"為全句的狀語。）

第三章　詞法概說

3.1　甚麼是詞

　　正如在講句法概說時必須先講一講甚麼是句子一樣，在講詞法概說時也同樣需要先講一講甚麼是詞。

　　要講清甚麼是句子已經令人感到不大容易，要講清甚麼是詞就格外令人感到困難了。在使用拼音文字的國家，他們的文字是按詞連寫的，所以他們可以簡單地說，連寫在一起的就是一個詞。正因為他們的文字有這種情形，所以他們就根本不去追問甚麼是詞。可是我們的文字卻不是按詞連寫的，因而要說清甚麼是詞可就麻煩了。

　　有人說，"既有一定意義，又能單獨運用的單位叫做詞"。可是在任何語言裏都有一部分所謂"虛詞"並無意義，只有語法功能，就不能符合這樣的定義。

　　於是又有人把"有一定意義"這個條件去掉，說"詞是能夠獨立運用的最小語言單位"。這個定義固然把虛詞包括進去了，但是依然令人覺得有幾分含混。因為就一般情況來說，句子才是獨立運用的最小語言單位，"詞"只有在一定情況下才獨立使用，然而"字"豈不也有獨立使用的時候嗎？

　　於是又有人說，"詞是最小的句法單位"。這一定義讓研究語法的人看來是正確無疵的，可是讓初學語法的人看來，就覺得空洞難以捉摸。而且我在緒論一章中就曾指出，"詞和句是語法的兩極：一個是語法的最小單位，一個是語法的最大單位"，所以這樣的定義對於初學者是沒有實際幫助的。

不得而已，我現在只得利用我們在講句法時已經得到的初步知識，倒過來下定義說"詞是我們分析一切句子所得的最小單位"。這個定義雖然也嫌空洞，但究竟要比說"詞是最小的句法單位"好些。這裏應該提請大家注意的是"一切"二字，有了這兩個字，就可以使人不致誤會這個最小單位指的是句成分了。因為在某個特定的句子裏，它的句成分雖有時可能是詞組或某種結構，但就一切句子來說，詞組或某種結構終於要分析為詞的。另一方面，句子的分析，即使就一切的句子來看，也只要分析到詞為止，過了這個限度就是不必要的了[1]。

3.2　詞類

在西洋語法中，詞法通常包括兩項內容：詞分類和詞形變化（即所謂"形態"）。漢語沒有形態，因而分類就成了詞法方面的唯一內容[2]。

可是漢語的詞有多少類呢？毋寧說，漢語的詞應該分為多少類呢？這樣一提，就會讓人聯想到漢語的詞類劃分還是個未解決

1　這是就一般情況說的。實際上，漢語中也有少數習慣上稱為"助詞"的東西，究竟是詞還是詞頭、詞尾，乃至介乎兩者之間的東西，還有待於今後的深入研究。

2　有不少語法書在談漢語的形態，其實是誤把構詞詞尾或重疊當作了形態。當然，我也不否定學學構詞詞尾或重疊也有用處，可是拿這樣的東西當作詞分類的標準可就不合適了。

而值得討論的問題。

　　首先我們就要把詞分類的標準研究清楚。既然詞分類是為研究語法即研究用詞造句規律而進行的分類，那麼詞就必須按照詞的語法功能來分類。若不以詞的語法功能為標準來分類，就當然不能符合於語法要求。博物學家以博物學家的觀點來對事物進行分類，不能符合語言學的要求，是不言而喻的。即使不是博物學家，而是語言學家，如果他不從語法觀點而從詞匯觀點來對詞進行分類，對於研究語法的人仍是沒有用處的。例如把詞分為單音詞和多音詞，單純詞和複合詞，固有詞和外來詞，對於研究語法能有甚麼用處呢？

　　即使是語法學家，而且是研究漢語語法的，如果他不理解詞分類應該以詞的語法功能為標準，而主張以形態為標準，那麼他不走到漢語無詞類論那條路上去，也會走到亂找形態那條路上去。如果他感到語法功能這個標準不夠完善，而主張幾個標準並用，就必然會遭遇到幾個標準打架的情況。

　　因此，在詞分類問題上我堅信不疑地採用了功能標準。不過我在這裏也要明白表示，我所講的功能標準指的乃是詞在句子中的用途、用法，是和美國描寫語言學派所講的功能標準有根本區別的。用缺少句本位思想的搭配功能為標準來劃分詞類，勢必要陷入循環論證。只有立足於句本位的功能標準才能夠免除此病，也只有這樣劃分出來的詞類才能把詞法和句法緊密聯繫起來[3]。

3　陳承澤在《國文法草創》中早就說過："字類之區分形式上無從判別，是故字類不能從其字定之，而只能從其字所居之文位定之，然同時仍可歸納其字所居之文位而定其字主要應屬何類。"他這意見也正和我所主張的功能標準相合。

另有語法學家別出心裁，提出了用"鑒定字"來分類的主張。這一主張是否出自搭配功能說的啟示固難確說，然而在思路上卻正好和搭配功能說有共同之處。它必然也要走到循環論證那條路上去。我們只要追問他那個"鑒定字"是怎樣選出的，就可以明白。

看到語法學界關於詞分類問題的一些錯誤想法，我感到有一個根本問題必須提出來把它弄明白。許多人都沒有想清詞的分類和詞的歸類是兩個不同的概念，因而把它們混同了。當然，這兩個概念也可以說是相輔相成的，但究竟是兩個不同的概念，我們必須把它們的區別弄清楚。前者是就全體的詞來觀察，看它們一共該分為若干類的問題；後者是就一個一個的詞來判定它們的詞性，即判定它們各屬哪一詞類的問題。只有解決了前一個問題之後，後一個問題才能有着落，不然後一個問題是無法解決的。

鑒定字說的毛病正出在用歸類來代替分類上。形態標準說的毛病，追查起來也出在這上面。許多人看不清形態只是詞類的外在標誌，並不是分類標準，只能幫助我們識別一個一個詞的詞性，並不能據以劃分詞類。

在根據語法功能把某種語言的詞全體分為若干類之後，人們又會感覺每類實詞在意義上也可以進行概括，因而就誤以為意義和語法功能同為標準了。其實"意義"是富於彈性的，一類詞在意義上可以概括並不足奇。即使這樣，我們有時仍會發現根據語法功能劃分為一類的詞在意義上仍會有少數概括不起來的情況。例如"為、是、非、有、無、在、似、如、猶、若"這些詞並沒有動的意思，然而根據它們的語法功能我們卻不能不把它們放在動詞一類裏。例如：

1. 子為誰？曰：為仲由。(**論語・微子**)
2. 西門豹曰：巫嫗弟子是女子也，不能白事，煩三老為入白之。(**史記・滑稽列傳**)
3. 北冥有魚，其名為鯤。(**莊子・逍遙遊**)
4. 阿爺無大兒，木蘭無長兄。(**樂府詩集・木蘭辭**)
5. 微舒似女（汝），對曰：亦似君。(**左傳・宣公十年**)
6. 今吾之有越猶人之有腹心之疾也。(**史記・伍子胥列傳**)

除以上這些個別例子之外，我還可以再舉一個更突出的例子。從意義上看，一般人每每覺得動詞和象詞（形容詞）分為兩類好像是合乎天經地義的，可是我們在下面將看到，這兩類詞的語法功能並無多大差別，實應併為一大類。而在我們把它們合併之後，依然可以從意義上對之進行概括。可見我說意義富於彈性是不錯的。

3.3　實詞和虛詞

實詞和虛詞這兩個名稱本是從舊詞章家的實字和虛字那裏沿用下來的。不過我們所說的虛實卻和舊詞章家所說的虛實不同。他們所謂虛實，以字有無含義為標準，而且是相對的。例如表示實體的字和表示作用、性狀的字相比，前者就是實字，後者就是虛字。甚至同一個字，按照本義以表示實體的和活用以表示性能的相比較，也可以區分為一實一虛。例如：

春風風人，夏雨雨人；
解衣衣我，推食食我。

這裏面有兩個"風"字，兩個"雨"字，兩個"衣"字，兩個"食"

字，前者按本義使用，所以相對地算作"實"，後者按轉義使用，所以相對地算作"虛"。

自從馬建忠著第一部語法《馬氏文通》把"實字""虛字"用到語法中起，虛實的界限就不是以有無含義為標準，而是以語法功能為標準了。雖然馬氏説"凡字之有事理可解者曰實字，無解而惟以助實字之情態者曰虛字"，似乎仍以有無含義為標準，可是看他的實際分類，把名字、代字、動字、靜字（即形容詞）、狀字（即副詞）五類算作實字，把介字、連字、助字、歎字四類算作虛字，就顯然是以語法功能為標準的。

現在看來，馬氏的分類雖不大切合漢語的實際，但他把詞類分為虛實兩大類的標準卻是可取的。即凡是能充當句成分的，一律算作實字，凡是不能充當句成分（這裏所説的句成分，只限於與結構有關的句成分，所以遊離成分不在內），而只能在句成分之間，或實詞與實詞之間，乃至分句與分句之間起連接作用，或附在句頭、句中、句尾表示語氣、情感乃至調和節奏的，一律算作虛字。今天我們雖然拋棄"字"而改用"詞"了，但馬氏所建立的虛實大界卻可以依舊採用，不必更改。

3.4 從句成分看實詞的分類

我們説，實詞是能充當句成分（主要指一般成份）的，那麼，既然句成分有主、謂、賓、補、定、狀六個成分，是否就能推測説實詞也分為六類呢？不是的。因為詞類和句成分之間並沒有那樣一對一的簡單的對當關係。兩者之間的對當關係是相當複雜的。要想把詞類劃分得合乎語法要求，我們就得仔細觀察這種錯綜複雜的對當關係。

句成分一共有六種，實詞至少也可以分為五六類（本書分為五類，即名詞、表詞、副詞、數量詞、代詞五類），所以要一次把兩者之間的錯綜複雜的對當關係觀察清楚，那是頗不容易的。因此我們就要分一分步驟，先從最主要的東西觀察起。在六個句成分中，甚麼是最重要的呢？無疑問是主語和謂語。那麼就讓我們先從主語、謂語來進行觀察吧。

就充當主語、謂語的詞來進行觀察，我們不難發現它們之間基本上形成了一種對立情況：充當主語的主要是名詞，充當謂語的主要是表詞（包括通常所說的動詞和形容詞，在動詞按詞義需要連帶成分的時候，就當然要把連帶成分算在謂語之內）。如果名詞充當了謂語，那就構成了一種特殊句式，即所謂判斷句，通常要用判斷詞（或稱繫詞）在中間起連繫作手。如果表詞（也包括連帶成分）充當了主語，我們自然就感到它已帶有名詞的性質，所以就說它"名物化"了（詳細留待以後再說）。總之，名詞和表詞在語法功能上有一種對立的情況是我們不能忽視的。

在這裏，我想把動詞和象詞（形容詞）所以須要合併為一類的理由申述一下。動詞和象詞在各語法書中都算作兩類，可是我檢查兩者的主要語法功能，認為實無分為兩類的必要。要分，也只宜作為一大類中的兩小類。過去人們受西洋語法影響，以為動詞的任務是充當謂語，象詞的任務是充當定語，所以把它們分開了。現在人們已經明白在漢語中象詞也可以普遍充當謂語。但我要向大家指出，如果把連帶成分看作是某些動詞必須帶的東西，那麼動詞也就是能普遍充當定語的了。例如：

1. 故將大有為之君，必有所不召之臣。（**孟子・公孫丑下**）

2. 信至國，召辱己之少年，以為楚中尉。（史記・淮陰侯列傳
—— 某少年嘗辱韓信。）

3. 臣知欺大王之罪當誅，臣請就湯鑊。（史記・廉頗藺相如列傳
—— 藺相如曾欺秦王。）

4. 廉頗曰：我為趙將，有攻城野戰之大功……（史記・廉頗藺
相如列傳）

不僅有上面這些例子可以證明動詞帶賓語能夠充當定語，而且還
有一件事情也應該一併提到，即文言的特點是流暢，所以定語長
了往往放在中心詞後面，靠複指性"者"字作聯繫。如：

1. 求人可使報秦者。（史記・廉頗藺相如列傳 —— 可使報秦之人）

2. 約與食客門下有勇力文武具備者二十人偕。（史記・平原君列
傳 —— 有勇力文武具備之食客門下）

3. 縉紳而能不易其志者，四海之大，有幾人歟？（張溥，五人
墓碑記 —— 能不易其志之縉紳）

4. 村中少年好事者馴養一蟲。（聊齋・促織）

也還有在中心詞與後置定語之間再加一"之"字的。如：

5. 馬之千里者，一食或盡粟一石。（韓愈，雜說 —— 千里之馬）

6. 其石之突怒偃蹇，負土而出，爭為奇狀者，殆不可數。（柳
宗元，永州八記 —— 突怒偃蹇，負土而出，爭為奇狀之石）

從上面這些例子看來，可見動詞和象詞的語法功能相同，是可以
合併的。

如果把動詞和象詞合併為一大類，稱之為"表詞"的話，那
麼表詞就和謂語、定語之間有了一對二的對當關係。同樣，我們
不難發現名詞和主語、賓語之間也有一對二的對當關係。

副詞的語法功能最為簡單。副詞通常只能充當狀語，不能充

當其他成分[4]，因而副詞和句成分之間就構成了簡單的一對一的對當關係。

數量詞的語法功能近似名詞，但又和名詞不同。我們仔細觀察就可以知道，數量詞的主要語法功能是充當定語，但在把後面的名詞省掉的時候，數量詞就變得近乎名詞了，因而也可以充當主語和賓語。不過，文言中的量詞比白話中的量詞少，動量詞就更少。

代詞獨立作為一類乃是各種語言的通例。這類詞除了沒有實義這一特點之外，在用法上和構詞法上也往往有一些特點。總的說來，代詞既可以代替名詞、表詞、副詞、數量詞，當然也就能充當主、謂、賓、補、定、狀各種句成分，所以把代詞單獨作為一類是有必要的。

把以上所談的實詞分類整理一下，看看它們和句成分之間的對當關係，可以構成下表。

4　像"甚矣，吾衰也"這樣的句子要算是特例。在這個句子中，主語為主謂結構"吾衰"，故副詞"甚"能升格成為謂語。

實詞和句成分之間的對當關係表

句成分 詞類	主	謂	賓	定	狀	補
名　詞	+	·	+	(+)	·	+
表　詞	·	+	·	+	(+)	+
副　詞					+	
數量詞	(+)	·	(+)	+	(+)	·
代　詞	代替以上各類詞					

表中"+"表示常用功能，"(+)"表示次常用功能，"·"表示罕用功能。補語所以另列一欄，是因為補語原有兩種，一種是由名詞充當的，另一種是由表詞充當的，把它另列就可以使名、表、副的對立格外明顯。

3.5　實詞的附類

多數語法書把時間詞、處所詞、方位詞劃為名詞的附類。大家可能要問：為甚麼一類詞還會有附類呢？老實說，所謂附類，也未嘗不可以讓它獨立成為一類，不過那麼一來就會使詞類變得太多，不便於記憶，所以就把它們按照特點之所近，附在詞數更多的一類裏，作為附類[5]。

5　有的書上說"附類的特點是帶有虛詞性"。我認為這個說法是不妥當的。

這樣說來，可見設立附類只是為了方便，因而也就可以各就所見，便宜從事。例如"量詞"，我把它和"數詞"合在一起，構成"數量詞"一類，但也有人把它作為名詞的附類。既然各人所設立的附類有出入，那麼，我就有必要在這裏先交代一下本書一共設立了哪些附類。本書的附類一共有：

（一）名詞的附類：時間詞、處所詞、方位詞；

（二）動詞的附類：助動詞；

（三）象詞的附類：象聲詞。

這裏面，前兩種附類比較重要，後面還要在適當的地方詳談，而第三種象聲詞的情況比較簡單，所以只在本節談談也就夠了。

為甚麼要把時間詞、處所詞、方位詞這幾小類作為名詞的附類呢？是否因為它們的語法功能和名詞的語法功能最相近呢？這倒很難說。根據前節，我們知道名詞的主要語法功能是充當主語和賓語，其次是充當定語。就時間詞、處所詞、方位詞來看，這些功能也是有的，如：

1. 今是何世？（陶潛，桃花源記 —— 作主語。）

2. 今日之事何如？（史記・項羽本紀 —— 作定語。）

3. 將軍擒操，宜在今日。（通鑒・赤壁之戰 —— 作介詞的賓語，"在"字亦可看作動詞。）

4. 方里而井，井九百畝，其中為公田。（孟子・滕文公上 —— 作主語。）

5. 自此，冀之南，漢之陰，無隴斷焉。（列子・湯問 —— 作主語，亦可看作狀語。）

6. 是歲江南旱，衢州人食人。（白居易，輕肥 —— 作主語，"江南"亦可看作名詞。)

7. 故壘西邊，人道是三國周郎赤壁。(蘇軾，赤壁懷古——作主語。)

8. 將軍戰河北，臣戰河南。(史記·項羽本紀——作狀語，亦可看作關涉賓語，若加"於"字，就成了介詞的賓語。)

9. 送女河上。(史記·滑稽列傳——作關涉賓語。)

10. 旦辭爺娘去，暮宿黃河邊……旦辭黃河去，暮宿黑水頭……(樂府詩集·木蘭辭——作關涉賓語。)

11. 中無雜樹。(陶潛，桃花源記——作主語，亦可看作狀語。)

12. 內外多置小門。(歸有光，項脊軒志——作主語，亦可看作狀語。)

但是這三小類詞充當狀語乃是更常見的現象，至少不比充當主語、賓語、定語的機會少。那麼為甚麼我們不把這三小類詞附在副詞裏而要把它們附在名詞裏呢？這裏面有一層道理必須交代清楚，那就是：名詞可以間或充當狀語，而副詞（指真正的副詞，轉用的不算）卻不能充當主語、賓語、定語。正因為這個緣故，這三小類詞就不能附在副詞裏了。

我所以把助動詞作為動詞的附類，其理由在《語法新編》中說得比較詳細，這裏只提一提要點。

首先，把前置助動詞"能、願、須、應、宜、敢、可……"等稱為"能願動詞"，把後置助動詞"來、去、出、入、下來、回去……"等算作"趨向動詞"，就會引起一個問題，不易解決：這些東西算作助動詞就可以說它和本動詞結合在一起算作一個成分，如果算作獨立動詞，那麼它放在另一個動詞前面或後面，到底算不算一個句成分呢？如果算作一個句成分，又是甚麼成分呢？

另外，人們所以把白話的"了、着、完、過"稱為"時態助詞"的原故，也許是因為他們看到了白話的"了"字和文言的"矣"字相當的關係罷。不過，"了"字並不來源於"矣"，而"着、完、過"等詞就找不着相當的文言助詞。它們事實上都是由動詞弱化而成的，所以也就應該算作助動詞。

可能有人會感到助動詞本是動詞中的一個特殊小類，為甚麼要把它改為附類呢？請大家不要在"特殊小類"和"附類"這兩個名稱上過分穿鑿。難道時間詞、處所詞、方位詞不也正可以放在名詞內作為幾個特殊小類嗎？不過，我把助動詞作為附類也不是毫無原因的。由於這些詞至少有一部分是可以和象詞結合着使用的（如：能大能小，可長可短，紅了櫻桃，綠了芭蕉），所以照理宜稱為"助表詞"，但象詞一加這些詞之後就都帶有動意，所以我就沿用了"助動詞"這一名稱未改，而把它們作為動詞的附類。

象聲詞為數不多，本來就不太重要。這些詞的通常用途是充當狀語，似乎該劃為副詞，但因為它們也可以充當謂語和定語，所以我就把它們劃歸象詞作附類。例如：

　　1. 關關雎鳩，在河之洲。（詩·關雎 —— 作定語。）
　　2. 交交黃鳥，止於棘。（詩·黃鳥 —— 作定語。）
　　3. 風颯颯兮木蕭蕭。（楚辭·九歌 —— 作謂語。）
　　4. 車轔轔，馬蕭蕭。（杜甫，兵車行 —— 作謂語。）

把前節所說的實詞分類和本節所談的實詞附類合在一起就成為：

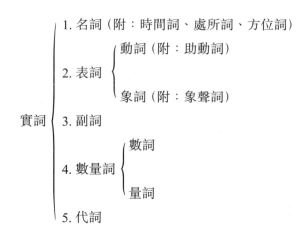

3.6 詞性和詞性轉換（詞的活用）

前面曾指出"分類"和"歸類"是兩個不同的概念：分類是把所有的詞按它們的語法功能劃分為若干類的問題；歸類是就一個一個的詞看它屬於哪一類的問題。

一個詞按其語法功能應屬於哪一類，在語法上我們稱之為"詞性"。一般地說來，每個詞都可以歸在一定的詞類裏，所以每個詞都有一定的詞性。說每個詞都有一定的詞性，也不外就是說每個詞都有一定的語法功能。如果它是名詞，它就應該能充當主語、賓語、補語，有時也可以充當定語。如果它是表詞，它就應該能充當謂語、定語和補語。不過這乃是就一般的情況說的，有時卻可以發生特殊情況。如果一個詞的用法違背了它的詞性，我們就說這個詞發生了詞性轉換。如果把原來的詞性算作本性的話，那麼轉換之後的詞性當然就可以算作變性了。這樣的現象就叫作"詞的活用"。

　　詞性轉換是漢語語法的一大特點。由於漢語的詞類沒有形態作為外在標誌，就替詞性轉換開了方便之門。特別是在古代文言文裏，詞性轉換的現象既多，轉換的範圍也比較大[6]。現在且選擇若干典型的例子在下面：

1. 虞不臘矣。(左傳‧僖公五年 ──　"臘" 為祭名，是名詞，這裏卻用為動詞，充當謂語。)

2. 左右欲刃相如。(史記‧廉頗藺相如列傳 ──　"刃" 為名詞，這裏用為動詞，意思是 "殺害"。)

3. 豕人立而啼。(左傳‧莊公八年 ──　"人" 為名詞，用作狀語，意思是 "像人一樣地"。)

4. 嫂蛇行匍伏。(國策‧秦策 ──　"蛇" 為名詞，用作狀語，意思是 "像蛇似地"。)

5. 夫大國，難測也，懼有伏焉。(左傳‧莊公十年 ──　"伏" 本為動詞，指 "伏兵" 就成了名詞。)

6. 今邯鄲旦暮降秦而魏救不至，安在公子能急人之困也？(史記‧魏公子列傳 ──　"救" 本為動詞，指 "救兵" 就成了名詞。)

7. 送往迎來，弔死問疾。(漢書‧食貨志 ──　"往、來、死、疾" 均為動詞，指往者、來者、死者、疾者，就成了名詞。)

8. 長幼卑尊皆薛居州也。(孟子‧滕文公下 ──　"長、幼、卑、尊" 皆為象詞，指長者、幼者、卑者、尊者，就成了名詞。)

9. 人人親其親，長其長。(孟子‧離婁上 ──　文中兩 "親" 字兩 "長" 字，後者指人，所以是名詞，前者指如何對待，所以是動詞。)

6　主張漢語無詞類的人，正是利用這作證據的。

10. 夫子欲寡其過而未能也。（論語・憲問 —— "寡"字本為象詞，這裏用如他動詞，故能帶賓語"過"。）

11. 天將降大任於是人也，必先苦其心志，勞其筋骨，餓其體膚，空乏其身。（孟子・告子下 —— "苦、勞、餓、空乏"為象詞或自動詞，這裏一律用如他動詞，所以都帶了賓語。）

12. 孔子登泰山而小魯。（孟子・盡心上 —— 這裏是感覺小或認為小。）

13. 時充國年七十餘，上老之。（漢書・趙充國傳 —— 意思是感覺老或認為老。）

14. 諸侯用夷體則夷之。（韓愈，原道 —— 第二個"夷"字意思是視如夷狄。）

像 10、11 這兩個例子，本不是他動詞而活用為他動詞的，前人稱之為"致動手法"，像 12—14 這三個例子，活用之後則表示感覺或意見，前人稱之為"意動用法"。這兩種活用在各種活用中比較突出。

不僅名詞、動詞、象詞可以活用，就連數詞、代詞也可以活用。如：

1. 不嗜殺人者能一之。（孟子・梁惠王上 —— 意為"統一"。）

2. 三王不足四，五伯不足六。（國策・秦策 —— 意謂"增加為四，增加為六"。）

3. 相與吾之而已。（莊子・內篇 —— 意為"稱我"。）

4. 陳利兵而誰何。（賈誼，過秦論 —— 意為"查問盤詰"。）

從以上這些例子當能看出文言文中的詞性轉換是如何活躍了。

3.7　虛詞的分類

　　虛詞雖無含義，卻不能因此就認為虛詞的作用不如實詞重要。誠然，就表意作用來說，意思主要是靠實詞來負擔的，但實詞如果不靠虛詞的幫助組織成句子，也就不能起表達作用。所以從語法觀點來說，虛詞反而更重要。

　　虛詞的分類標準，依然是它的語法功能。不能說，虛詞不能充當句成分，它就沒有語法功能了。在句成分之間，乃至在實詞與實詞之間，分句與分句之間起連接作用，就是虛詞的最大語法功能。其次，附在句尾或句中停頓之處表示語氣的，乃至插在句頭、句中或句尾表示情感或調整節奏的，也都有不同的表達作用。文言文中的虛詞，按照語法功能約可分為以下數類：

$$
\text{虛詞}\begin{cases}
6.\ \text{介繫詞}\begin{cases}
a.\ \text{介詞}\\
b.\ \text{連詞}\\
c.\ \text{間詞}\\
d.\ \text{繫詞}
\end{cases}\\
7.\ \text{助詞}\\
8.\ \text{歎詞}
\end{cases}
$$

　　拿這個表和《語法新編》裏的虛詞分類表一對照，就可以知道，《語法新編》裏的"語氣詞"在這個表裏卻改成了"助詞"。為甚麼要改呢？改的原因在於文言裏的"助詞"比白話裏的"語氣詞"範圍大。白話裏的語氣詞主要放在句尾表示語氣。雖然有時也放在句子中間表示停頓，但終究仍和語氣有關，並且也未超出用於句尾的語氣詞範圍之外。可是文言文裏的助詞就不同了。有用於句尾的，也有用於句頭或句中的。用於句尾大致都表示語氣，可是用於句頭句中的就很難說了。有的可能只是詞頭或詞尾,有的可能只是調整節奏的襯字。過去的人把它們一律稱為助詞。既然其中有不少還有待於今後的研究才能搞清楚,所以我們就只好暫時沿用舊名稱,把它們放在一起來進行敍述。

各類虛詞的語法功能如下:

介詞[7]的語法功能主要是把實體詞介係到表詞上。就大多數介詞來說,也可以說是和實體詞結合成為 "介賓結構" 對表詞起狀語作用[8]。如:

1. 子於是日哭,則不歌。(論語・述而)
2. 文以五月五日生。(史記・孟嘗君列傳)
3. 夫水,嚮冬則凝而為冰。(淮南子・俶真訓)
4. 餘虜走向落川,復相屯結。(後漢書・段熲傳)
5. 吾聞出於幽谷遷於喬木者,未聞下喬木而入於幽谷者。(孟子・滕文公上)
6. 君子不以言舉人,不以人廢言。(論語・衛靈公)
7. 用此,其將兵數困辱。(史記・李將軍列傳)
8. 苛政猛於虎也。(禮記・檀弓下)
9. 兵破於陳涉,地奪於劉氏。(漢書・賈誼傳)
10. 越女作桂舟,還將桂為楫。(王昌齡,採蓮曲)

連詞的語法功能是:(1) 以對等關係連接兩個詞 (被連接的詞可以帶從屬成分);(2) 以對等關係或偏正關係連接兩個分句乃

7　有的語法書把介詞叫做 "次動詞" 是不妥當的。介詞雖然大多數來自動詞,但是就整個語法體系來考慮,介詞這個詞類是應該保留的。

8　不能說全體的介詞都是這樣,因為提賓介詞 "以" "將" 和白話裏的 "把" 就不是這樣。

至句子。如：

1. 子罕言利與命與仁。(論語・子罕)

2. 秦王大喜，傳以示美人及左右。(史記・廉頗藺相如列傳)

3. 治世之音安以樂，其政和。(禮記・樂記)

4. (高祖) 見信死，且喜且憐之。(史記・淮陰侯列傳)

5. 公語之故，且告之悔。(左傳・隱公元年)

6. 竊人之財，猶謂之盜，況貪天之功以為己力乎？(左傳・僖
   公二十四年)

7. 布衣之交尚不相欺，況大國乎？(史記・廉頗藺相如列傳)

8. 與其有譽於前，孰若無毀於後。(韓愈，送李愿歸盤谷序)

9. 與其害於民，寧我獨死。(左傳・定公十三年)

10. 劌曰：肉食者鄙，未能遠謀。乃入見。(左傳・莊公十年)

11. 陳平智有餘，然難以獨任。(史記・高祖本紀)

12. 求也退，故進之；由也兼人，故退之。(論語・先進)

間詞[9]的語法功能是在附加成分和它們的中心詞之間起連接作用。如：

1. 智能之士，思得明君。(三國志・諸葛亮傳)

2. 毛先生以三寸之舌，強於百萬之師。(史記・平原君虞卿列傳)

3. 王之命懸於遂手。(史記・平原君虞卿列傳)

4. 操蛇之神聞之。(列子・湯問)

5. 公輸盤九設攻城之機變。(墨子・公輸)

6. 道之不行，已知之矣。(論語・微子)

9　"間詞"是西洋所沒有的，所以人們長期對它沒有真正的認識，以致直到現在還有
　　稱它為"中置介詞"的。

7. 欲勿予，即患秦兵之來。（史記·廉頗藺相如列傳）

8. 周公之被逮在丁卯三月之望。（張溥，五人墓碑記）

據以上這些例子看來，"之"字主要用在定語和它的中心詞之間起連接作用。像最後三個例子，如果把"之"抽去，則"道不行""秦兵來""周公被逮"都就成了主謂結構，可見"之"字有變主謂結構為限定結構的力量。

繫詞的語法功能是在判斷句的主謂之間起聯繫作用。如：

1. 子為誰？（論語·微子）

2. 民為貴，社稷次之，君為輕。（孟子·盡心下）

3. 爾為爾，我為我，雖袒裼裸裎於我側，爾焉能浼我哉！（孟子·公孫丑上）

4. 師直為壯，曲為老，豈在久乎？（左傳·僖公二十八年）

5. 為長者折枝，語人曰：我不能，是不為也，非不能也。（孟子·梁惠王上）

6. 巫嫗弟子是女子也，不能白事。（史記·滑稽列傳）

在文言文中，省略繫詞的現象比在白話文中更為常見。如：

1. 白起，小豎子耳。（史記·平原君虞卿列傳）

2. 楚左尹項伯者，項羽季父也。（史記·項羽本紀）

3. 臣竊以為其人勇士。（史記·廉頗藺相如列傳）

4. 劉備，天下梟雄。（通鑒·赤壁之戰）

5. 我，子瑜友也。（通鑒·赤壁之戰）

助詞的語法功能以附在句尾表示語氣為主，如：

1. 小惠未遍，民弗從也。（左傳·莊公十年）

2. 雖有佳餚，弗食，不知其旨也；雖有至道，不學，不知其善也。（禮記·學記）

3. 止子路宿，殺雞為黍而食（sì）之，見（xiàn）其二子焉。

（論語・微子）

4. 今日病矣，予助苗長矣。（孟子・公孫丑上）

5. 從此道至吾軍，不過二十里耳。（史記・項羽本紀）

6. 壯士！能復飲乎？（史記・項羽本紀）

7. 丘何為是棲棲者與？（論語・憲問）

8. 先生欺予哉！（韓愈，進學解）

但也有表示其他作用的，如：

1. 爰居爰處，爰喪其馬。（詩・擊鼓）

2. 言告師氏，言告言歸。（詩・葛覃）

3. 我送舅氏，曰至渭陽。（詩・渭陽）

4. 薄汙我私，薄澣我衣。（詩・葛覃）

5. 人之云亡，邦國殄瘁。（詩・瞻卬）

6. 北風其涼，雨雪其雱（詩・邶風）

7. 除君之惡，惟力是視。（左傳・僖公二十四年）

感歎詞的語法功能是放在句首、句中或句尾表示某種感情或問答。如：

1. 顏淵死，子曰：噫！天喪（sàng）予！天喪予！（論語・先進）

2. 嗟乎，子卿，陵獨何心，能不悲哉！（李陵，答蘇武書）

3. 吁！君何見之晚也！（史記・范睢蔡澤列傳）

4. 唉！豎子不足與謀！（史記・項羽本紀）

5. 嗚呼，亦盛矣哉！（張溥，五人墓碑記）

3.8 詞法中的幾個特殊問題

上面雖然大致把詞法中的主要問題談完了，但還有幾個特殊問題要提出來談一談。

第一個是詞與非詞的問題。我在前面為詞下定義說："詞是我們分析一切句子所得的最小單位。"這個定義一般地說來並不錯，可是在實地做的時候也會碰到少數難以分析的例子。就是說，有少數例子難以決定它是否為獨立的詞。有些助詞，它們究竟起的甚麼作用，我們尚難確定的，且不去管它。可是也有少數作手比較明顯的，也還難以確定它是不是詞。例如"者""所""然""爾"這幾個字，就是這樣。有的語法學家也看到了這些例子的難以處理，於是就模仿俄語，把它們稱為"小品詞"。在我看來，定了名稱並不等於解決了問題，問題依然在那裏，有待於我們解決。

"者""所""然""爾"都有所謂"依附性"。不迴它們並不僅僅依附於單詞，也往往依附於詞組，有時甚至依附於很複雜的詞組。這就是困難的所在。例如"者"字，在

1. 角者吾知其為牛，鬣者吾知其為馬……（韓愈，雜說）

這樣的用法中，似乎可以看作詞尾，可是在

2. 仁者，人也；義者，宜也。（禮記・中庸）

3. 陳嬰者，故東陽令史。（史記・項羽本紀）

4. 北山愚公者，年且九十，面山而居。（列子・湯問）

5. 吾所以為此者，以先國家之急而後私仇也。（史記・廉頗藺相如列傳）

6. 漢王所以具知天下厄塞，戶口多少強弱之處，民所疾苦

者，以何具得秦書也。(**史記・蕭相國世家**)

這幾個例子裏，就似乎不是詞尾了。

又例如"所"字，一般認為它依附於動詞或介詞，如：

1. 問女何所思，問女何所憶？女亦無所思，女亦無所憶。(**樂府詩集・木蘭辭**)

2. 今先生處勝之門下三年於此矣，左右未有所稱誦，勝未有所聞，是先生無所有也。(**史記・平原君虞卿列傳**)

3. 此百世之怨。而趙之所羞，而王弗知惡 (wù) 焉。(**史記・平原君虞卿列傳**)

4. 良人者，所仰望而終身也。(**孟子・離婁下**)

5. 和氏璧，天下所共傳寶也。(**史記・廉頗藺相如列傳**)

6. 視吾家所寡有者。(**國策・齊策**)

7. 陛下所為不樂，非為趙王年少而戚夫人與呂后有卻邪？(**史記・張丞相列傳**)

8. 強秦之所以不敢加兵於趙者，徒以吾兩人在也。(**史記・廉頗藺相如列傳**)

9. 夫江湖所以濟舟，亦所以覆舟。(**袁宏，三國名臣序贊**)

這些例子，有的固可以認為詞頭，有的又似乎不能認為詞頭。

又如"然"字，像

1. 愀然改容，超若自失。(**史記・司馬相如列傳**)

2. 蔣氏大戚，汪然出涕。(**柳宗元，捕蛇者說**)

3. 悍吏之來吾鄉，叫囂乎東西，隳突乎南北，譁然而駭者，雖雞犬不得寧焉。(**柳宗元，捕蛇者說**)

這幾個例子，固可以認為詞尾，但在

4. 無若宋人然。(**孟子・公孫丑上**)

5. 木若以美然。（孟子・公孫丑下）

6. 善養生者若牧羊然，視其後者而鞭之。（莊子・達生）

這幾個例子中，就不能認為詞尾了。

問題既不能輕易決定，與其稱為小品詞，倒還不如依舊暫稱之為助詞好些。

第二個是所謂兼性詞問題。在白話語法中，有所謂連接副詞，它既是副詞，又有連詞的作用，所以算作"兼性"。在文言語法中也有這個問題。如：

既明且哲。（詩・烝民）

中的"既"字，本是副詞，但與"且"字並用，就發生了連接的作用，具有了兩重性格。又如：

我欲仁，斯仁至矣。（論語・述而）

中的"斯"字，雖非副詞，但也可以看作副詞性指示代詞，在句中也起了連接作用。更可注意的是副詞有時可起繫詞的作用。如：

是乃仁術也。（孟子・梁惠王上）

民死亡者，非其父兄，即其子弟。（左傳・襄公八年）

第三個是合音詞問題。合音詞在白話中也並不是沒有，如北方話的"甭"，吳語裏的"朆"，但為數不多，可是在古代文言文裏就比較多了。如：

叵（不可）：布目備曰：大耳兒最叵信。（後漢書・呂布傳）

諸（之於）：投諸渤海之尾，隱士之北。（列子，湯問）

諸（之乎）：雖有粟，吾得而食諸！（論語・顏淵）

曷、盍（何不）：時日曷喪，予及汝偕亡！（書・湯誓）

顏淵、季路侍，子曰：盍各言爾志！（論語・公冶長）

旃（之焉）：舍旃，舍旃！（**詩·采苓**）

那（奈何）：牛則有皮，犀兕尚多，棄甲則那？（**左傳·宣公二年**）

第四章　主語、謂語

4.1　主語

　　主語和謂語是相對待的。通常是主語在前，謂語在後，但有時因感情關係，先將謂語說出，再補出主語，就成了所謂倒裝句。如：

1. 賢哉，回也！（論語・雍也）

2. 小人哉，樊須也！（論語・子路）

3. 何哉，爾所謂達者？（論語・顏淵）

4. 誰與，哭者？（禮記・檀弓）

　　充當主語的，最常見的是名詞、代詞和以名詞、代詞為中心詞的詞組。如：

1. 孟嘗君不說。（國策・齊策）

2. 臧氏之子焉能使予不遇哉！（孟子・梁惠王下）

3. 長幼之節，不可廢也；君臣之義，如之何其廢之？（論語・微子）

4. 仁與義為定名，道與德為虛位。（韓愈，原道）

5. 吾不忍其觳觫。（孟子・梁惠王上）

6. 此誰也？（國策・齊策）

7. 孰可以代之？（左傳・襄公三年）

8. 往者不可諫，來者猶可追。（論語・微子）

9. 會天寒，士卒墮指者什二三。（**史記・高祖本紀**）

時間詞、處所詞、方位詞也可以充當主語，但這時它的謂語必然受到一定的限制。如：

1. 是歲江南旱，衢州人食人。（**白居易，輕肥**）

2. 不知天上宮闕，今夕是何年。（**蘇軾，水調歌頭**）

3. 中無雜樹。（**陶潛，桃花源記**）

表詞和以表詞為中心詞的詞組也可以充當主語。如：

1. 喜生於好（hào），怒生於惡（wù）。（**左傳・昭公二十五年**）

2. 好（hào）惡（wù）著，則賢不肖別矣。（**史記・樂書**）

3. 知之為知之，不知為不知，是知也。（**論語・為政**）

4. 儉，德之共也，侈，惡之大也。（**左傳・莊公二十四年**）

5. 富與貴，是人之所欲也，不以其道得之，不處也。（**論語・里仁**）

這時候，哪些是名物化的表詞，哪些是抽象名詞，有時是不易分別的。

數量詞也可以充當主語，但它的謂語也是有限制的。如：

1. 萬，滿數也。（**史記・魏世家**）

2. 二十四銖為兩，十六兩為斤，三十斤為鈞，四鈞為擔。（**漢書・律曆志上**）

3. 二枚為一朋。（**漢書・食貨志**）

主謂詞組也可以充當主語。如：

1. 都城過百雉，國之害也。（**左傳・隱公元年**）

2. 先生處勝之門下，幾年於此矣？（**史記・平原君虞卿列傳**）

主謂詞組直接充當主語的雖不多見，但加“之”字改為限定詞組之後充當主語的倒是更多些。如：

1. 天之棄商久矣。(左傳・襄公二十二年)

2. 人之有學焉，猶木之有枝葉也。(國語・晉語)

3. 我之取天下可以百全。(史記・黥布列傳)

4. 中庸之為德也，其至矣乎，民鮮久矣。(論語・雍也)

5. 君之暴虐，子所知也。(左傳・襄公十四年)

4.2　無主句

句子本來就沒有主語，並不是語言環境或上下文把主語省去的，叫做無主句。無主句大致有以下幾種情況：

A. 說明天象、氣候的句子，如

1. 三年春，不雨。夏六月，雨。(左傳・僖公三年)

2. 庚辰，大雨雪。(左傳・隱公九年)

這類句子，由於心理的移轉作用，也可以把前面的時間詞認為主語。

B. 說明事物的存在、出現或消失的句子，如：

1. 有牽牛而過堂下者。(孟子・梁惠王上)

2. 有餓者蒙袂輯屨貿貿然來。(禮記・檀弓)

3. 有一言而可以終身行之者乎？(論語・衛靈公)

4. 有美玉於斯，韞櫝而藏諸？求善價而沽諸？(論語・子罕)

5. 戶內一僧，對林一小陀……舟尾一小童。(宋起鳳，核工記)

6. 室靡棄物，家無閒人。(歸有光，先妣事略)

7. 時村中來一駝背巫。(聊齋・促織)

最後三例，由於心理的移轉作用，也可把前面的處所詞當作主語。

C. 泛論事理的句子，如：

1. 恭則不侮，寬則得眾，信則人任焉，敏則有功，惠則足以使人。(**論語・陽貨**)

2. 博學之，審問之，慎思之，明辨之，篤行之。(**禮記・中庸**)

3. 居安思危，思則有備，有備無患。(**左傳・襄公十一年**)

4. 求則得之，捨則失之。(**孟子・告子上**)

5. 不入虎穴，焉得虎子。(**後漢書・班超傳**)

4.3　謂語

謂語可以分為以下幾個類型：(一) 體詞謂語，(二) 動詞謂語，(三) 象詞謂語，(四) 主謂謂語。分述如下：

(一) 體詞謂語：體詞也就是實體詞，是名詞和代詞的總稱。但因為 "者字結構" 和數量詞也都有實體詞的功能，所以凡是用這些詞充當的謂語，一概算作體詞謂語。體詞謂語句通常有繫詞在主謂之間起連繫作用，所以如果把繫詞看作謂語的中心詞，那麼繫詞後面的實體詞就成了 "補語"。不過在實質上起陳述作用的仍是後面的實體詞。如：

1. 仲尼，日月也。(**論語・子張**)

2. 白起，小豎子耳。(**史記・平原君虞卿列傳**)

3. 楚左尹項伯者，項羽季父也。(**史記・項羽本紀**)

4. 劉備，天下梟雄。(**通鑒・赤壁之戰**)

5. 此，帝王之資也。(**通鑒・赤壁之戰**)

6. 爾為爾，我為我，雖袒裼裸裎於我側，爾焉能浼我哉？(**孟子・公孫丑上**)

7. 桀溺曰：子為誰？（論語·微子）

8. 吾所以有天下者何？（漢書·高帝紀）

9. 晏嬰，齊之習辭者也。（晏子春秋·內篇雜下）

10. 諸侯之寶三：土地，人民，政事。（孟子·盡心下）

11. 禮儀三百，威儀三千。（禮記·中庸）

12. 潭中魚可百許頭。（柳宗元，永州八記）

要注意的是，在體詞謂語句中，如果體詞之前有定語，往往就構成對主語的描寫，而不是判斷。對於這樣的句子，在分析時就不能隨便把定語劃去。如：

1. 且是人也，蜂目而豺聲，忍人也。（左傳·文公元年）

2. 高祖為人，隆準而龍顏，美鬚髯。（史記·高祖本紀）

3. 永州之野產異蛇，黑質而白章。（柳宗元，捕蛇者説）

（二）動詞謂語：動詞充當謂語，連帶成分當然是少不了的，也可以有附加成分。如：

1. 子在，回何敢死。（論語·先進）

2. 君子尊賢而容眾。（論語·子張）

3. 孟子不與右師言。（孟子·離婁下）

4. 鄴吏民大驚恐。（史記·滑稽列傳）

5. 孤不度德量力。（三國志·諸葛亮傳）

6. 永州之野產異蛇。（柳宗元，捕蛇者説）

（三）象詞謂語：象詞充當謂語也可以有連帶成分和附加成分。如：

1. 季氏富於周公。（論語·先進）

2. 晉公子廣而儉。（左傳·僖公二十三年）

3. 天地之道，博也，厚也，高也，明也，悠也，久也。（禮記·

中庸）

4. 苛政猛於虎也。（禮記·檀弓）

5. 豈其士卒眾多哉？（史記·平原君虞卿列傳）

6. 公等碌碌。（史記·平原君虞卿列傳）

7. 兩鬢蒼蒼十指黑。（白居易，賣炭翁）

8. 驕其妻妾。（孟子·離婁下）

9. 遙知兄弟登高處，遍插茱萸少一人。（王維，九月九日憶山東兄弟）

10. 山多石少土。（姚鼐，登泰山記）

例 8—10 中的“驕”“多”“少”本是象詞，後面帶了連帶成分“其妻妾”“一人”“石”“土”，就有幾分像動詞了。

（四）主謂謂語

1. 公子顏色愈和。（史記·魏公子列傳）

2. 相如因持璧卻立，倚柱，怒髮上衝冠。（史記·廉頗藺相如列傳）

3. 四人從太子，年皆八十餘，鬚眉皓白，衣冠甚偉。（史記·留侯世家）

4. 章小女，年可十二。（漢書·王章傳）

5. 荊州與國鄰接，江山險固，沃野千里，士民殷富，若據而有之，此帝王之資也。（通鑑·赤壁之戰）

6. 太行、王屋二山，方七百里，高萬仞，本在冀州之南，河陽之北。（列子·湯問——“方”“高”為抽象名詞。）

最後附帶談談副詞作謂語問題。有的語法書上說副詞“甚”“久”“必”以及助動詞“宜”“可”等可以作謂言。助動詞作謂語在白話文裏也常見，可以不談，而副詞作謂語倒是值得討論的。像

62

1. 甚矣吾衰也，久矣吾不復夢見周公。（論語・述而）

2. 王之蔽甚矣。（國策・齊策）

3. 李斯曰：固也，吾欲言之久矣。（史記・李斯列傳）

4. 今將軍誠能命猛將統兵數萬，與豫州協規同力，破操軍必
   矣。（通鑒・赤壁之戰）

這些例子是否能證明副詞可以充當謂語呢？我認為這個問題可以
活看。第一，這些字都可以副表兩屬，如：

1. 若有疾風迅雷甚雨則必變。（禮記・玉藻）

2. 可以久則久。（孟子・公孫丑上）

3. 子絕四：毋意、毋必、毋固、毋我。（論語・子罕）

4. 信賞必罰。（漢書・宣帝紀贊）

第二，即使認為它們專屬副詞，也可以用隨條件升格來解釋它。

4.4 把句子按內容劃分為判斷句、敘述句和描寫句 為甚麼難以掌握

我在第二章第二節末尾曾說過，把句子按內容劃分為判斷
句、敘述句和描寫句三種難以掌握，現在就來談一談這樣的分類
所以不易掌握的道理。

原來主張這樣分類的人也着眼於句子的謂語有體詞、動詞、
象詞、主謂詞組這幾種。他們想，體詞充當謂語就必然成為判斷
句，動詞充當謂語就必然成為敘述句，象詞和主謂詞組充當謂語
就必然成為描寫句，因而就以為句子可以分為判斷句、敘述句和
描寫句三類。事情是否這樣簡單呢？不是的。

首先，體詞充當謂語，中間常用繫詞"為、是、非"進行連

繫，而繫詞的作用並不限於構成判斷。如：

1. 爾為爾，我為我，雖袒裼裸裎於我側，爾焉能浼我哉？（**孟子‧公孫丑上**）

2. 此之為德，豈直數十百錢哉？（**史記‧日者列傳**）

3. 師直為壯，曲為老，豈在久乎？（**左傳‧僖公二十八年**）

4. 萬取千焉，千取百焉，不為不多矣。（**孟子‧梁惠王上**）

5. 城非不高也，池非不深也，兵革非不堅利也，米粟非不多也。（**孟子‧公孫丑下**）

而在不用繫詞連繫的時候也未必就構成判斷。如

1. 臨淄三百閭。（**晏子春秋‧內篇雜下**）

2. 食客千人。（**列子‧說符**）

這樣的句子，實際上是表示存在，即"臨淄有三百閭""食客有千人"。甚至像

3. 仲尼，日月也。（**論語‧子張**）

這樣的句子，也未必能說是判斷，實際上不過是比喻，意思是說"仲尼譬如日月"或"仲尼好像日月"。如果體詞之前有定語，就構成對主語的描寫，更不是判斷。如：

4. 且是人也，蠭目而豺聲，忍人也。（**左傳‧文公元年**）

5. 高祖為人，隆準而龍顏，美鬚髯。（**史記‧高祖本紀**）

其次，用動詞充當謂語的是否都是敘述句呢？由特殊動詞"似、如、猶、若"充當謂語的句子且不說了，即使是一般動詞充當謂語的句子，也未必都是敘述句。最容易想到的情況是動詞前面加了某種助動詞。如：

1. 吾欲辱之。（**晏子春秋‧內篇雜下**）

64

2. 今大王亦宜齋戒五日，設九賓於廷，臣乃敢上璧。(史記·
廉頗藺相如列傳)

3. 奉世上言，願得其眾，不須復煩大將。(漢書·馮奉世傳)

4. 案之禮典，便合傳家。(後漢書·鄭玄傳)

最後，象詞謂語句和主謂謂語句是否都是描寫句呢？看來也
未必如是。在象詞謂語句中，如果象詞前後有表示時間的副詞或
助詞，就會帶有動意，成為敍述，不再是描寫了。如：

1. 子適衛，冉有僕，子曰：庶矣哉！冉有曰：既庶矣，又何
加焉？曰：富之。曰：既富矣，又何加焉？曰：教之。(論
語·子路)

2. 舜有天下，選於眾，舉皋陶 (yáo)，不仁者遠矣；湯有天
下，選於眾，舉伊尹，不仁者遠矣。(論語·顏淵)

3. 第中鼠暴多，與人相觸，以尾畫地。(漢書·霍光傳)

4. 恩愛寖薄。(漢書·禮樂志)

5. 子曰：奢則不遜，儉則固，與其不遜也寧固。(論語·述而)

特別像例 5，既沒有表示時間的副詞，也沒有表示時間的助詞，
只靠一個連詞“則”字，也就使象詞帶有了動性，可見把象詞謂
語句都認為是描寫句是不可靠的。

在主謂謂語句中也有不同的情況。像

1. 四人從太子，年皆八十餘，鬚眉皓白，衣冠甚偉。(史記·
留侯世家)

2. 章小女，年可十二。(漢書·王章傳)

3. 荊州與國鄰接，江山險固，沃野千里，士民殷富，若據而
有之，此帝王之資也。(通鑒·赤壁之戰)

這幾個句子，固然可以算是描寫句。但像

4. 公子顏色愈和。(史記·魏公子列傳)

5. 當是時，項羽兵四十萬，在新豐鴻門，沛公兵十萬，在霸
   上。（史記·項羽本紀）

6. 遺民淚盡胡塵裏，南望王師又一年。（陸游·秋夜將曉出籬門迎
   涼有感）

這幾個句子，就顯然是敍述句了。

由此可見，從內容方面來對句子進行分類是不易得到清楚界限的。但如果以形式為綱，把句子按謂語分為體詞謂語句、動詞謂語句、象詞謂語句和主謂謂語句，就可以不管有無助動詞，有無時間副詞或助詞，始終不變。

4.5 施事、受事和能動、被動

施事、受事和能動、被動這兩套術語常易引起人們的誤解，因此有加以說明的必要。

雖然這兩套術語都牽涉到體詞對動詞的關係，但施事、受事乃是就內容關係來說的，而能動、被動卻是就句結構關係來說的，所以兩者是不容相混的。例如拿

> 張三打了李四。
> 李四被張三打了。

這兩個句子來進行對照，就內容來看，無論在哪個句子裏，"張三"總是"打"這個動作的出發點，而"李四"總是"打"這個動作的歸着點，所以無論在哪個句子裏，張三總是施事，李四總是受事。可是從句結構關係來看就不同了。作為陳述對象而提出的，在前一句裏是張三，而在後一句裏卻是李四，所以前一句的主語是張三，而後一句的主語卻是李四。

　　從內容來看，即使句子結構變了，施受關係不變；從結構關係來看，施受關係雖然未變，句子結構卻變了。以施事為主語的句子，我們稱之為能動句，以受事為主語的句子，我們稱之為被動句。反過來，能動句的主語我們稱之為施事主語，被動句的主語我們稱之受事主語。

　　是否一切的能動句都可以變為被動句呢？顯然不是這樣。一般地說，以自動詞充當謂語的，一般都不能改為被動句（有例外）。即使充當謂語的是他動詞，也不見得句句都能改為被動句。就我們的語言習慣來看，在沒有必要的時候，總不願意用被動句，所以在漢語裏，被動句就沒有西洋各國那樣多。

　　在這裏我想提出一個有趣味的問題讓大家思考一下。既然主語有施事和受事的區別，賓語是不是也可以有施事與受事的區別呢？如果說可以，就應該說明可以的理由，如果說不可以，也應該說明不可以的理由。我是認為不可以的，現在就來申述我的理由。

　　可能有人會想，既然主語能允許有施事和受事的區別，為甚麼對賓語就不可以同樣辦理呢？大家應該想清，主語是和謂語相對待的，是謂語的陳述對象，所以我們可以把一個動詞的施事提出來作為陳述對象，也可以把一個動詞的受事提出來作為陳述對象。而賓語乃是動詞的連帶成分，動詞對它總是保持一定的關係，即賓語是動詞所影響的對象。所以賓語就不能有甚麼施事賓語。

　　這麼一說，所謂“存現賓語”當然就是在道理上講不通的了。因為“存現賓語”對前面的動詞來說正是它的施事。那就難怪“存現賓語”不能和其他賓語在內容上得到統一了。

4.6 "被動"在漢語中是怎樣表現的

"能動句"和"被動句"是兩種對立的格式。我們首先應該明白,並不是一切句子都能有能動格式和被動格式的區別。有能動格式和被動格式區別的,只是一部分用動詞充當謂語的句子。照本章第三節所說,動詞謂語只是四種謂語之一,可見大多數句子是沒有能動格式與被動格式區別的。

在動詞謂語句中,自動詞一般也是不能改為被動格式的。只有他動詞才能改為被動格式。我們甚至可以說,漢語少用被動格式,只有在必要時才用被動格式,所以即使是他動詞,也並不都可以採用被動格式。

習慣於西洋語法的人,每每把"被"字看作表示"態"(voice)的詞頭,或在被動句中引進施事的介詞。其實這兩種說法都不對,近來也有人明白了漢語本來就沒有表示"態"的形態,漢語表示被動所用的方法並不是詞形變化,而是一種迂迴說法。這一點我已在《語法新編》中談過,此處不再重述。我們現在倒可以看一看被動在古代文言文中是如何表現的,那麼我們就可以明白漢語自古也就沒有 voice 這個形態。

在文言文中,被動可以用以下各種辦法來表示。

(一) 單用他動詞,如:

1. 昔者龍逢斬,比干剖,萇弘胣(chǐ),子胥靡。(莊子・胠篋)
2. 秦十攻魏,五入國中,邊城盡拔,文臺墮,垂都焚,林木伐,麋鹿盡,而國繼以圍。(國策・魏策)
3. 白圭之玷,尚可磨也;斯言之玷,不可為也。(詩・抑)

為甚麼單用他動詞就可以表示被動呢?關鍵就在於他動詞後面沒

有賓語。像例 3 他動詞前有助動詞"可"字也是一樣。有人以為"可"字可以表示被動，那是靠不住的。因為"可"字如果加在自動詞前面就不能表示被動，如："君可去矣"。

（二）在他動詞後用介詞"於"字介出施事，如：

1. 善戰者致人，不致於人。（孫子‧虛實篇）

2. 夫破人之與破於人也，臣人之與臣於人也，豈可同日而言之哉？（國策‧趙策）

3. 兵破於陳涉，地奪於劉氏。（漢書‧賈誼傳）

（三）單用"為"字，如：

1. 不為酒困。（論語‧子罕）

2. 妻子為戮。（左傳‧文公十三年）

3. 父母宗族，皆為戮沒。（史記‧刺客列傳）

4. 身客死於秦，為天下笑。（史記‧屈原賈生列傳）

5. 誠令成安君聽足下之計，若信者亦已為禽矣。（史記‧淮陰侯列傳）

（四）用"（主語）＋為＋（施事）＋（所）＋（他動詞）"這個格式，如：

1. 始皇東遊，至陽武博浪沙中，為盜所驚。（史記‧秦始皇本紀）

2. 吾悔不用蒯通之計，乃為兒女子所詐。（史記‧淮陰侯列傳）

3. 衛太子為江充所敗。（漢書‧霍光傳）

（五）用"見""被""受"等字，如：

1. 何故懷瑾握瑜而自令見放為？（楚辭‧漁夫）

2. 盆成括見殺。（孟子‧盡心下）

3. 且夫臣人與見臣於人，制人與見制於人，豈可同日道哉？（史記‧李斯列傳）

4. 錯卒以被戮。（漢書‧酷吏傳）

　5. 被污惡言而死。（漢書·酷吏傳）

　6. 武受賜矣。（左傳·昭公元年）

　7. 是重受弔也。（左傳·昭公十年）

從以上各種辦法看來，漢語在文言文中也是沒有 voice 這個形態的。

4.7　從施受關係看主語的分類

從施受關係來說明主語中有施事主語和受事主語，也可以說是必要的。但當我們從施受關係來對主語進行分類時，必須注意擺脫西洋語法對於我們的影響。在西洋語法中，只有動詞可以充當謂語[1]，而且他們的動詞又有 voice 這個形態，於是主語就必然不是施事就是受事。也就是說，句子不是能動就是被動。可是我們漢語怎樣呢？照本章第三節所談，漢語的謂語一共有四種，而動詞謂語不過是四者之一。因此我們就不難想像，在漢語中，處於施受關係之外的主語要遠比處於施受關係之內的主語多得多。

這種處於施受關係之外的主語，如果也需要有一個名稱的話，該叫做甚麼主語好呢？有的書上稱之為"提示主語"，那麼我們就應該想到，提示主語當然就要比施事主語多些，比受事主語就更要多些。因此，在談主語的分類時，我們首先就應該想到提示主語，其次才能說到施事主語和受事主語，不能先想到施事主語和受事主語，然後才想到提示主語。

1　在西洋，繫詞按形態應算作動詞，而體詞和象詞作謂語通常都要通過繫詞的介繫，又沒有主謂謂語句，所以句子的主語不是施事就是受事。

　　而且，從理論上說，主語本來就是作為陳述對象而提出的，所以施事主語和受事主語也未嘗不可以說就是提示主語的一部分。這麼一想就可以知道，在沒有必要的時候，只籠統地說是主語就行了，只有在必要時才指明主語是施事還是受事，乃至既不是施事也不是受事，只是一般的陳述對象。

　　還有一層也應該想到，即受事主語的範圍。照前節所談，"被動"在漢語中本來就是用迂迴說法來表現的，有些句子儘管含有被動的意思，但並沒有用"為"、"為……所……"、"見"、"被"、"受"等字樣。照這樣，受事主語的範圍就有了問題。句子有明顯的被動標誌，它的主語固然可以算作受事主語。如果沒有明顯的被動標誌，只在意思上是被動的句子，它的主語是否也算作受事主語呢？因為有些動詞可以作他動詞用，也可以作自動詞用，事情就更難說了。例如

　　　古之欲明明德於天下者，先治（chí）其國；欲治（chí）其國者，先齊其家；欲齊其家者，先修其身；欲修其身者，先正其心；欲正其心者，先誠其意；欲誠其意者，先致其知。致知在格物。（大學）

　　　物格而後知至，知至而後意誠，意誠而後心正，心正而後身修，身修而後家齊，家齊而後國治（zhì），國治（zhì）而後天下平。（大學）

這兩段話，前一段話中的"治、齊、修、正、誠、致、格"諸字都用作他動詞，而後一段話中的"格、至、誠、正、修、齊、治"諸字是否為他動詞的被動態就很難說了。我們看，"致"改為"至"，"治"字平聲改為去聲，就可以知道其他各字大概也是由他動變成了自動。

4.8 直接連繫主語中心詞和謂語中心詞的分析法要慎重使用

西洋的語法書在分析句子的時候，往往把主語部分的中心詞和謂語部分的中心詞直接連繫起來，以為這樣可以使學習語法的人更快地掌握句結構的要點。他們甚至把主語部分的中心詞也叫做主語，把謂語部分的中心詞也叫做謂語。

這一辦法在中國語法學界似乎也頗為流行。但從漢語的實際來看，採用這一辦法是應該特別慎重的。至少應該知道，在漢語中，有些句子是根本不能採用這一辦法的；有些句子採用這一辦法就會鬧出笑話來。因為從本章第一、第二兩節所談就可以知道，在漢語裏主語和謂語都可以由主謂詞組來充當，而主謂詞組就是無法找出中心詞來的一種結構。甚至在可以找出中心詞的限定詞組充當謂語的時候，如果我們不小心，隨便把中心詞直接連繫起來，就往往會鬧出笑話。例如本章第三節中所舉的

1. 且是人也，蠢目而豺聲，忍人也。

2. 高祖為人，隆準而龍顏，美鬚髯。

3. 永州之野產異蛇，黑質而白章。

這三個例子，如果把主語的中心詞和謂語的中心詞直接連繫起來，就會成為：

1. ……人 ‖ ……蠢目……聲，……人……。

2. 高祖…… ‖ ……準……顏，……鬚髯。

3. ……蛇 ‖ ……質……章。

豈不令人莫名其妙。

第五章　賓語、補語

5.1　動詞的賓語和介詞的賓語

　　前面我們看到某些動詞由於它的含義必然需要帶賓語，沒有賓語就顯得有欠缺。另一方面，我們又看到介詞後面也需要帶賓語。這樣就在我們心中引起了一種疑惑：為甚麼動詞所帶的賓語和介詞所帶的賓語都叫賓語呢？照這樣，用同一名稱稱呼兩種東西，難道不會引起混亂嗎？

　　大家發生這樣的疑惑是理所當然的。不但是理所當然，甚至要說是難得的。因為有些人儘管學了多年語法也可能沒好好想過這個問題。

　　老實說，我們把動詞的賓語和介詞的賓語統稱為賓語是出於模仿英語的語法。不過儘管出於模仿，如果這樣做對於漢語不合適，那就不會一直為大家所沿用[1]。可見把兩者同稱為賓語，不僅適合於英語，同樣也適合於漢語。為甚麼適合於英語，我們可以暫時放置不談；為甚麼適合於漢語，卻是我應該向大家作交代的。因為我也採用了把動詞的賓語和介詞的賓語統稱為賓語的辦法。

1　語法學家中也有人把介詞的賓語稱為補語的。這樣一來，倒又和通常的補語發生了糾纏，所以沒有為人所採用。

　　我在《語法新編》曾就白話舉了一些例子說明動詞的賓語和
介詞的賓語有相通之處，現在且先把這些例子引在下面：

他打死了那條毒蛇。
他把那條毒蛇打死了。

他寫完了那本小說。
他把那本小說寫完了。

我不信任他。
我對他不信任。

他非常關心國際形勢。
他對於國際形勢非常關心。

校長不止一次向我們提到過品德問題。
關於品德問題，校長不止一次向我們提到過。

吃館子。
在館子裏吃（飯）。

逛公園
在公園裏遊逛。

住高樓大廈。
在高樓大廈裏住。

走路。
在路上走。

去北京。
往北京去。

來上海。
到上海來。

$$\begin{cases} 上山，上街。 \\ 到山上去，到街上去。 \end{cases}$$

$$\begin{cases} 下鄉，下水，下樓，下車。 \\ 往鄉下，去往水裏去，從樓上下來，從車上下來。 \end{cases}$$

$$\begin{cases} 洗涼水，洗熱水。 \\ 用涼水洗，用熱水洗。 \end{cases}$$

$$\begin{cases} 跑買賣，跑公事。 \\ 為買賣奔走，為公事奔走。 \end{cases}$$

…………

我們雖然不能把每個動詞的賓語都改為介詞的賓語，但有了上面這些例子就可以讓大家看出，動詞的賓語和介詞的賓語並不是截然不同的兩種東西了。

不但如此，而且我們再進一步考察就會知道，漢語的介詞，大多數同時能當作動詞使用。在文言文中就更是這樣。後面將要談到，除了一個"於"字不能當作動詞使用外，其他介詞都可以當作動詞使用。如果我們想到某些人曾稱介詞為"副動詞"或"次動詞"的意見，那就更能理解，把兩種賓語統稱為賓語是適合於漢語的辦法了。

而且我在前面講介詞時就曾說過，介詞的語法功能是把實體詞介繫到表詞上。這不外就是說，介詞的賓語和表詞有某種關係；也就是說，介詞的賓語在形式上是介詞的賓語，而實質上卻是表詞的賓語。

這樣看來，我們就不妨把賓語的概念加以擴大，把表詞直接帶的賓語算作直接賓語，把表詞經過介詞的介繫而帶的賓語算作間接賓語。這樣做不僅從整個體系來說是必要的，而就文言文來說就更有必要。因為在文言文中，介詞常常省去，如：

1. 子南之子棄疾為王御士，王每見之必泣。棄疾曰：君三泣
臣矣，敢問，誰之罪也？（左傳・襄公二十二年——三泣臣，意
思是三泣於臣。）

2. 今君乃亡趙走燕。（史記・廉頗藺相如列傳——亡自趙，走至燕。）

3. 驕其妻妾。（孟子・離婁下——驕於其妻妾。）

4. 激昂大義。（張溥，五人墓碑記——激昂於大義。）

5. 足食，足兵；民，信之矣。（論語・顏淵——足於食，足於兵，
“信”字應作致動解。）

6. 林盡水源。（陶潛，桃花源記——盡於水源之處。）

7. 我為趙將，有攻城野戰之大功；而藺相如徒以口舌為勞，
而位居我上。（史記・廉頗藺相如列傳——位居於我之上。）

8. 又荊州之民附操者，偪兵勢耳，非心服也。（通鑒・赤壁之戰
——偪於兵勢。）

9. 子曰，君子易事而難說（悅）也。（論語・子路——易於事奉，
難於取悅。）

10. 非常之謀，難於猝發。（張溥，五人墓碑記——難猝發。）

11. 今寇眾我寡，難於持久。（通鑒・赤壁之戰——難持久。）

12. 是敢於殺人，不敢於養人也。（北齊書・邢邵傳——“敢”字
在此句中應作象詞解。）

13. 不明乎善，不誠其身矣。（孟子・離婁上——“明”“誠”均為
象詞，“誠”下少“於”字。）

14. 詩云，“既醉以酒，既飽以德”，言飽乎仁義也。（孟子・告
子上——“飽”字為象詞，故後隨介詞。）

15. 毛先生一至楚，而使趙重於九鼎大呂。（史記・平原君虞卿列傳）

16. 沛公居山東時，貪於財貨。（史記・項羽本紀 ── 貪財貨。）

既然把表詞直接帶的賓語算作直接賓語，把經過介詞介繫而帶的賓語算作間接賓語，那麼通常所說的雙賓語句又該如何處理呢？這個問題在下一節就會得到解答。

5.2 賓語的分類

研究語法的人，看到賓語對於它的中心詞在意義上有各種各樣的關係，於是就感到有加以分析研究的必要。這種分析研究自然不能說對於我們深入理解語言沒有幫助，可是是否因此就認為有必要從內容方面來對賓語進行分類，卻值得好好考慮。因為語法如果想達到執簡馭繁的目的，就必須以形式為綱，而不能以內容為綱。如果按內容來對賓語進行分類，那就必然會把賓語分得過於瑣細，不便於掌握。

從內容來看，賓語對動詞的關係可以說是十分複雜的：

有的是行為的對象，如：飲湯，飲水，食肉，射人，射馬。

有的是感覺的對象，如：聞鐘，觀魚。

有的是心理的對象，如：愛人，惡人。

有的是行為的目的，如：探親，訪友。

有的是行為的結果，如：著書，立說。

有的是行為的工具，如：彎弓射大雕。

有的是行為的地點，如：背井離鄉，出國，入境。

有的是……

照這樣看來，要想從內容方面把賓語對動詞的關係列舉得十分齊全，怕是頗不容易的。而且從學習語法的目的來看，也沒有這樣做的必要。

　　不過，對於一切賓語都籠統地稱為賓語，絲毫不加區別，有時也會遇到困難，因而我在《語法新編》中曾建議把賓語分為兩類：把動詞的直接對象、目的或結果作為一類，稱為受事賓語；而把動詞所牽涉的事物作為一類，稱為關涉賓語。這樣的辦法看來對於文言文也是有必要的。例如：

食肉，食五穀：食力（靠勞力為生），食租（靠收租為生）

飲酒，飲水：飲至（古代有會盟征伐之事，歸而飲於宗廟，
　　謂之飲至），飲餞（古者祖道之祭既畢，飲酒於其側，謂
　　之飲餞）

走馬：走江湖

出師：出院

下飯，下酒：下馬，下野

…………

　　把賓語分為受事賓語和關涉賓語之後，那麼所謂雙賓語句也就容易處理了。所謂雙賓語句指的是

　　1. 王賜晏子酒。（晏子春秋・內篇雜下）

　　2. 公語之故，且告之悔。（左傳・隱公元年）

　　3. 使奕秋誨二人奕。（孟子・告子上）

　　4. 子噲不得與人燕。（孟子・公孫丑下）

　　5. 使人遺趙王書。（史記・廉頗藺相如列傳）

　　6. 趙亦終不予秦璧。（史記・廉頗藺相如列傳）

這樣的句子。在這些例句裏，指人的賓語在前，指物的賓語在後。白話的情形也是這樣。過去的語法書多稱指物的賓語為直接賓語，稱指人的賓語為間接賓語。現在我既用直接與間接來區別

有沒有介詞在表詞與賓語之間作介繫，那麼原來的兩種賓語就要另有辦法來進行區別了。有甚麼辦法呢？我看，用受事和關涉來區別它們就很好。通常人的感覺必然認為指物的賓語是受處置的，所以不妨稱之為受事賓語，指人的賓語是牽涉到的，所以不妨稱之為關涉賓語。

在白話文中，指物的賓語可以用"把"字提前；和這相似，在文言文中，指物的賓語也可以用介詞"以"字提前。如：

> 1. 鄭伯之享王也，王以后之鞶鑒與之。（左傳·莊公二十一年）
> 2. 於是項伯……具以沛公言報項王。（史記·項羽本紀）
> 3. 此天以卿授孤也。（通鑒·赤壁之戰）

也正如白話文中可以用"向""給"把指人的賓語隔開一樣，在文言文中也可以用"於"字把指人的賓語隔開。如：

> 1. 葉公問孔子於子路。（論語·述而）
> 2. 公伯寮愬子路於季孫。（論語·憲問）

不過，如果指物的賓語為"之"所指代，那就一定要放在前面，緊接動詞。如：

> 1. 吾既已言之王矣。（墨子·公輸）
> 2. 得璧，傳之美人。（史記·廉頗藺相如列傳）
> 3. 毛遂奉銅盤而跪進之楚王。（史記·平原君虞卿列傳）

最後，把賓語的兩種分類，即直接、間接的分類和受事、關涉的分類對照一下就可以明白，前者是以形式為標準的，後者是以內容為標準的。分類的標準雖不同，但也不能說兩者毫無關係。仔細體會就可以發現其間也還有一定的平行關係。不過，一方面因為介詞可省，而受事與關涉之間也常因心理的變動而發生轉換，所以這種平行也就不十分明顯。大致說來則直接賓語多為受事賓語，間接賓語(提賓介詞除外) 多為關涉賓語，也是不難看出的。

5.3　賓語的充任者

和主語的情形一樣，充當賓語的主要是名詞、代詞和以名詞、代詞為中心詞的詞組。如：

1. 國人謗王。(國語‧周語)
2. 子不語怪、力、亂、神。(論語‧述而)
3. 取溫之麥，秋，又取成周之禾。(左傳‧隱公三年)
4. 我有攻城野戰之大功。(史記‧廉頗藺相如列傳)
5. 女 (汝) 為惠公來求殺余。(左傳‧僖公二十四年)
6. 人奪女(汝) 妻而不怒，一抶女，庸何傷？(左傳‧文公十八年)
7. 彼丈夫也，我丈夫也，吾何畏彼哉！(孟子‧滕文公上)
8. 是故惡夫佞者。(論語‧先進)
9. 事其大夫之賢者，友其士之仁者。(論語‧衛靈公)
10. 雖欲言，無可進者。(國策‧齊策)

時間詞、處所詞、方位詞也可以充當賓語，但多為介詞之賓語，直接用為表詞之賓詞的不多見。如：

1. 將軍禽 (擒) 操，宜在今日。(通鑒‧赤壁之戰)
2. 成敗之機，在於今日。(通鑒‧赤壁之戰)
3. 子大叔之廟在道南，其寢在道北。(左傳‧昭公十八年)
4. 旦辭爺娘去，暮宿黃河邊。(樂府詩集‧木蘭辭)
5. 叫囂乎東西，隳突乎南北。(柳宗元，捕蛇者説)
6. 時北兵已迫修門外。(文天祥，指南錄後序)
7. 臣乃今日請處囊中耳。(史記‧平原君虞卿列傳)

8. 送女河上。(史記・滑稽列傳)

9. 真州逐之城門外。(文天祥,指南錄後序)

10. 自吾氏三世居是鄉,積於今六十歲矣。(柳宗元,捕蛇者說)

表詞也可以充當賓語,如:

1. 民不畏死,奈何以死懼之。(老子第七十四章)

2. 既得之,患失之,苟患失之,無所不至矣。(論語・陽貨)

3. (余) 讀《鵩鳥賦》,同死生,輕去就,又爽然自失矣。(史記・屈原賈生列傳)

4. 君子食無求飽,居無求安,敏於事而慎於言,就有道而正焉,可謂好學也已。(論語・學而)

5. 有國有家者,不患寡而患不均,不患貧而患不安。(論語・季氏)

這裏面,哪些是抽象名詞,哪些是名物化的表詞,有時是難以區別的。

數量詞也可以充當賓語,如:

1. 民參其力,二入於公,而衣食其一。(左傳・昭公三年)

2. 夫子必居一於此矣。(孟子・公孫丑下)

3. 計然之策七,越用其五而得意。(史記・貨殖列傳)

4. 腰中鹿盧劍,可值千萬餘。(辛延年,羽林郎)

主謂詞組也可以充當賓語,如:

1. 秦王恐其破璧,乃辭謝固請。(史記・廉頗藺相如列傳)

2. 寡人竊聞趙王好音。(史記・廉頗藺相如列傳)

3. 王不行,示趙弱且怯。(史記・廉頗藺相如列傳)

5.4 補語的類別和充任者

補語是兩個連帶成分之一。需要補語的動詞，有的是自動詞（其中包括繫詞），有的是他動詞。兩者所需要的補語是不同的。

先談自動詞的補語。需要補語的自動詞有以下幾種情況：

（一）繫詞或準繫詞，如：

1. 丈人曰：四體不勤，五穀不分，孰為夫子？（論語·微子）

2. 桀溺曰：子為誰？曰：為仲由。（論語·微子）

3. 西門豹曰：巫嫗弟子是女子也，不能白事，煩三老入為白之。（史記·滑稽列傳）

4. 惠子曰：子非魚，安知魚之樂？（莊子·秋水）

5. 民死亡者，非其父兄，即其子弟。（左傳·襄公八年）

6. 是乃仁術也。（孟子·梁惠王上）

7. 肌膚若冰雪，綽約若處子。（莊子·逍遙遊）

8. 微舒似女（汝）。對曰：亦似君。（左傳·宣公十年）

9. 以齊王（wàng），由（猶）反手也。（孟子·公孫丑上）

10. 是謂觀國之光。（左傳·莊公二十二年）

（二）成為義自動詞，如：

1. 高岸為谷，深谷為陵。（詩·十月）

2. 橘逾淮而為枳。（周禮·考工記）

3. 而此諸子，化為糞壤，可復道哉？（三國志·王粲傳）

（三）存現義自動詞，如：

1. 有牽牛而過堂下者。（孟子·梁惠王上）

2. 庖有肥肉，廄有肥馬，民有饑色，野有餓莩。（孟子·梁惠王上）

82

3. 北冥有魚，其名為鯤。（莊子・逍遙遊）

4. 宋邑無主，則民不威；疆場無主，則啟戎心。（左傳・莊公二十八年）

5. 後遂無問津者。（陶潛，桃花源記）

6. 不有居者，誰守社稷？不有行者，誰扞牧圉？（左傳・僖公二十八年）

7. 今少一人。（史記・平原君虞卿列傳）

8. 時村中來一駝背巫。（聊齋・促織）

（四）其他自動詞，如：

1. 冬十月，雨雪。（春秋・桓公八年）

2. 隕石於宋五，六鷁退飛過宋都。（春秋・僖公十六年）

3. 七月流火。（詩・七月）

4. 四月秀葽，五月鳴蜩。（詩・七月）

再談他動詞的補語。他動詞需要賓語自不待說，但有時在賓語之外還要再帶補語。有以下幾種情況。

（五）使令義他動詞，如：

1. 孔子過之，使子路問津焉。（論語・微子）

2. 使子路反見之。（論語・微子）

3. 命夸蛾氏二子負二山。（列子・湯問）

4. 某年月日，秦王與趙王會飲，令趙王鼓瑟。（史記・廉頗藺相如列傳）

5. 予助苗長矣。（孟子・公孫丑上）

6. 止子路宿。（論語・微子）

7. 遂令天下父母心，不重生男重生女。（白居易，長恨歌）

8. 呼河伯婦來，視其好醜。（史記・滑稽列傳）

(六) 選擇認定義他動詞,如:

1. 相如既歸,趙王以為賢大夫,使不辱於諸侯,拜相如為上
大夫。(史記‧廉頗藺相如列傳)

2. 三十日不還,則請立太子為王。(史記‧廉頗藺相如列傳)

3. 詔書特下,拜臣郎中;尋蒙國恩,除臣洗馬。(李密,陳情表)

4. 君命太子曰仇,命其弟曰成師。(左傳‧桓公二年)

5. 婦人謂嫁曰歸。(公羊傳‧隱二年)

6. 楚人謂乳穀,謂虎於菟。(左傳‧宣公四年)

7. 文王以民力為臺為沼,而民歡樂之,謂其臺曰靈臺,謂其
沼曰靈沼。(孟子‧梁惠王上)

8. 暴其民甚,則身弒國亡;不甚,則身危國削。名之曰幽
厲。(孟子‧離婁上)

(七) 愛憎褒貶義他動詞,如:

1. 王若隱其無罪而就死地……(孟子‧梁惠王上)

2. 南村羣童欺我老無力。(杜甫,茅屋為秋風所破歌)

3. 我欲行禮,子敖以我為簡,不亦異乎?(孟子‧離婁下)

4. 鮑叔不以我為貪,知我貧也。(史記‧管晏列傳)

總起來說,自動詞的補語一般是實體詞或實體詞性的結構,而他動詞的補語一般則是表詞或以表詞為中心詞的結構。

在這裏附帶說一個問題。我在上面把補語按照需要補語的動詞分為自動詞的補語和他動詞的補語兩類。這就突出了補語是動詞的連帶成分這一性質。但過去的語法書也有稱前者為主語的補足語,稱後者為賓語的補足語的。這樣的名稱自然也就表現了不同的理解,即讓補語和主語、賓語發生了關係。試問,補語和主語、賓語有甚麼關係呢?這樣一問,人們或許就會察覺出,他們

實在是把關係搞錯了。特別是"賓語的補足語"這一想法，如果再前進一步，就會滑到"兼語式"或"遞係式"那條路上去，實在要說是危險的。

5.5 賓語和補語的位置

主語和謂語的位置關係十分簡單，即通常是主語在前，謂語在後。即使倒裝，也無非變為謂語在前，主語在後，所以無須多談。可是關於連帶成分和附加成分的位置可就不那麼簡單了，所以值得提出來講一講。現在先講賓語和補語的位置，至於定語和狀語的位置，留到下一章再講。

賓語和補語既然是動詞的連帶成分，可想而知，它們的位置必然是以需要這兩個成分的中心詞動詞為基準的，通常的情況是：

（一）如果一個動詞只需要一個賓語或一個補語，那麼，賓語或補語總是跟在動詞後面。

（二）如果一個動詞需要一個賓語和一個補語，那麼，賓語和補語也都跟在動詞後面；通常是賓語居前，補語居後。

（三）如果一個動詞需要兩個賓語，那麼，兩個賓語也都跟在動詞後面；通常是關涉賓語居前，受事賓語居後。

至於一般情況的例子，前面已經有過很多，現在不再重引。下面就直接來談談賓語的位置變化。

甲：賓語提前

賓語提前有兩種情況：一種是提到句首或主語之前；一種是提到中心詞之前。提到句首或主語之前的例子如：

1. 凡而（爾）器用財賄，無寘於許。（左傳‧隱公十一年）

2. 明主、賢君、忠臣、死義之士，余為太史而弗論載，廢天下之史文，余甚懼焉。（史記‧太史公自序）

3. 自五經之外，百氏之書，未有聞而不求，得而不觀者。（韓愈，答侯繼書 —— 本句主語省略。）

4. 汝之女，吾已代嫁……惟汝之窀穸，尚未謀耳。（袁枚，祭妹文 —— 此例亦可作主語解。）

提到中心詞之前的例子，又有幾種不同情況：

一種是為了強調賓語，如：

1. 老夫其國家不能恤，敢及王室？（左傳‧昭公二十四年 —— 老夫不能恤其國家，豈敢恤及王室？）

2. 臣死且不避，卮酒安足辭。（史記‧項羽本紀）

也有用"之""是""焉"等字把賓語提前的例子，如：

3. 孟武伯問孝，子曰：父母唯其疾之憂。（論語‧為政）

4. 宋何罪之有？（墨子‧公輸）

5. 除君之惡，唯力是視。（左傳‧僖公二十四年）

6. 去我三十里，唯命是聽。（左傳‧宣公十五年）

7. 我周之東遷，晉鄭焉依。（左傳‧隱公六年）

也有用介詞把賓語提前的例子，如：

8. 愈少鄙鈍，於時事都不通曉。（韓愈，上李侍郎書）

在古代文言文中，用疑問代詞作賓語時，一般都放在中心詞前，不過也有例外。如：

1. 吾誰欺？欺天乎？（論語‧子罕）

2. 內省不疚，夫何憂何懼？（論語‧顏淵）

3. 吾誰敢怨？（左傳‧昭公二十七年）

4. 客何好？（史記・孟嘗君列傳）

5. 武帝問：言何？（漢書・酷吏傳——此例賓語在後。）

　　古代文言文在否定句中用代詞作賓語時，一般也都放在中心詞前，不過也有例外。如：

1. 無適小國，將不女（汝）容焉。（左傳・僖公七年）

2. 而良人未之知也，施施從外來，驕其妻妾。（孟子・離婁下）

3. 雖使五尺之童適市，莫之或欺。（孟子・滕文公——"或"字為語氣副詞。）

4. 季子雖來，不吾廢也。（史記・吳太伯世家）

5. 每自比於管仲樂毅，時人莫之許也。（三國志・諸葛亮傳）

6. 矜之者何？猶曰莫若我也。（公羊傳・僖九年——此句賓語在後。）

7. 莫知我夫。（史記・孔子世家——此句賓語在後。）

　　乙：雙賓語的變位

　　雙賓語的一般順序是：指人的賓語在前，指物的賓語在後。如：

　　余賜汝孟諸之麋。（左傳・僖公二十八年）

如果想把兩個賓語的順序改動一下，那就要利用介詞。譬如上例就可以利用介詞"以""於"改為：

　　余以孟諸之麋賜汝。

　　余賜汝以孟諸之麋。

　　余賜孟諸之麋於汝。

第六章　定語、狀語

6.1　定語的充任者

定語是修飾、限定名詞的附加成分。充當定語的可以是副詞以外的各類實詞，最主要的首先是表詞和以表詞為中心詞的詞組。如：

1. (秦) 分裂山河，強國請服，弱國入朝。(賈誼，過秦論上)
2. 鄙賤之人，不知將軍寬之至也。(史記・廉頗藺相如列傳)
3. 小大之獄，雖不能察，必以情。(左傳・莊公十年)
4. 目若懸珠，齒若編貝。(漢書・東方朔傳)
5. 江上往來人，但知鱸魚美。(范仲淹，江上漁者)
6. 信至國，召辱己之少年令出胯下者，以為楚中尉。(史記・淮陰侯列傳)
7. 臣知欺大王之罪當誅，臣請就湯鑊。(史記・廉頗藺相如列傳)
8. 故將大有為之君，必有所不召之臣。(孟子・公孫丑下)

其次，名詞、代詞也可以充當定語。如：

1. 秦，虎狼之國，不可信。(史記・屈原賈生列傳)
2. (宣王) 思昔先生之德，興滯補弊，明文武之功業，周道粲然。(漢書・董仲舒傳)
3. 宋義論武信君之軍必敗。(史記・項羽本紀)
4. 沛公至咸陽，諸將皆爭走金帛財物之府，分之；何獨先入

收秦丞相、御史律令圖書藏之。(史記·蕭相國世家)

5. 泄氏、孔氏、子仁氏三族實違君命。(左傳·僖公七年——"泄氏、孔氏、子仁氏"與"三族"為同位。)

6. 今吾於人也,聽其言而觀其行。(論語·公冶長)

7. 王曰,何以利吾國;大夫曰,何以利吾家;士庶人曰,何以利吾身:上下交征利,而國危矣。(孟子·梁惠王上)

8. 是余之罪也夫!(史記·太史公自序)

9. 君子哉若人!尚德哉若人!(論語·憲問)

10. 是子也,熊虎之狀而豺狼之聲。(左傳·宣公四年)

時間詞、處所詞和方位結構也可以充當定語。如:

1. 三代之令主,皆數百年保天之祿。(左傳·成公三年)

2. 今日之事何如?(史記·項羽本紀)

3. 庶人有旦暮之業則勸。(莊子·徐无鬼)

4. 於是太子豫求天下之利匕首。(史記·刺客列傳)

5. 何但遠走亡匿於漠北寒苦無水草之地為?(漢書·匈奴傳)

數量詞充當定語要算是它的主要語法功能。如:

1. 毛先生以三寸之舌,強於百萬之師。(史記·平原君虞卿列傳)

2. 命子封帥車二百乘以伐京。(左傳·隱公元年)

3. 寡人以五百里之地易安陵,安陵君不聽寡人,何也?(國策·魏策)

4. 吏二縛一人詣王。(晏子春秋·內篇雜下)

5. 吾不能舉全吳之地,十萬之眾,受制於人。(通鑒·赤壁之戰)

6. 一尺布,尚可縫;一斗粟,尚可舂;兄弟二人不相容。(漢書·淮南厲王傳)

7. 半匹紅綃一丈綾,繫向牛頭充炭值。(白居易,賣炭翁)

8. 以萬乘之國伐萬乘之國，五旬而舉之，人力不至於此。（**孟子·梁惠王下**）

介詞結構也可以充當定語，如：

召有司案圖，指從此以往十五都予趙。（**史記·廉頗藺相如列傳**）

主謂結構也可以充當定語，如：

羣臣吏民能面刺寡人之過者，受上賞。（**戰國策·齊策**）

6.2　定語的位置

定語通常都放在它所修飾，限定的名詞前面。在白話文裏，只有數量詞可以放在它所修飾、限定的名詞後面。不過這時也會使人感到是一種記賬式的敍述。試比較：

> 妹妹取走了姐姐的筆十六枝。
> 妹妹取走了姐姐的十六枝筆。

在文言文裏也有同樣的情形。試以"萬乘之國伐萬乘之國"和"帥車二百乘以伐京"相比較就可以知道。

在白話文中，除數量詞作定語可前可後之外，其他定語一般都要放在名詞前面，如果放在後面，一般須在前後都用逗號隔開，於是就變得像"插敍""註釋"，而不像定語了。如：

1. 王家驤，我的同學，昨天到上海來了。

2. 我的哥哥，前天從湖南回來的，在湖南水電部門裏當技術員。

3. 那個問題，我上次和你談的，已經解決了。

可是在文言文裏卻有辦法把定語移在它所修飾、限定的名詞之後，以使文氣通暢。那就是用"者"字複指該名詞，如：

1. 求人可使報秦者。（**史記·廉頗藺相如列傳**）

2. 村中少年好事者馴養一蟲。（聊齋‧促織）

3. 約與食客門下有勇力文武具備者二十人偕。（史記‧平原君虞
   卿列傳）

4. 縉紳而能不易其志者，四海之大，有幾人歟？（張溥，五人
   墓碑記──"而"字有助氣勢作用。）

就上面這幾個例子來看，定語長的固然不能夠置於名詞之前；即
使定語不太長，如例 1 和例 2，移到前面也不如放在後面好。試
比較

> ｛求人可使報秦者。
> 　求可使報秦之人。
>
> ｛村中少年好事者馴養一蟲。
> 　村中好事之少年馴養一蟲。

就可以知道。道理在甚麼地方呢？因為"人"字移動之後就和它
的中心詞"求"字隔遠了，"少年"移動之後就和它的定語"村
中"隔遠了，所以都不如原句通暢。再如

> 崖限當道者，世皆謂之天門云。（姚鼐，登泰山記）

這個句子，若改為

> 當道之崖限，世皆謂之天門云。

就顯然氣弱了。道理就在於中心詞"崖限"要提在句首才顯得突
出有力。

後置定語和中心詞之間也可以加"之"字，如：

1. 馬之千里者，一食或盡粟一石。（韓愈，雜説）

2. 其石之突怒偃蹇、負土而出、爭為奇狀者，殆不可數。（柳
   宗元，永州八記）

如果中心詞較長，也可以把那較長的中心詞作為外位成分，在下

面用"其"字來複指。如：

　　3. 凡富貴之子，慷慨得志之徒，其疾病而死，死而湮沒不足
　　　道者，亦已眾矣。(張溥，五人墓碑記)
這樣的句子當然就更不能把定語改置於中心詞之前了。

6.3　前加狀語

　　狀語雖依位置不同分為前加狀語和後附狀語兩類，但我們並
不能把它們看作兩個不同的句成分。其理由是：(一) 它們都主要
以表詞為中心詞；(二) 就充當狀語的詞類來看，也多半相同。
　　本節先談前加狀詞。充當前加狀詞的有：
　　副詞：副詞以充當狀語為本職，所以用得很多，後面講到副
詞時還要詳談。
　　　1. 己所不欲，勿施於人。(論語・顏淵)
　　　2. 冉有曰：既庶矣，又何加焉。(論語・子路)
　　　3. 昔者吾友嘗從事於斯矣。(論語・泰伯)
　　　4. 小惠未徧，民弗從也。(左傳・莊公十年)
　　　5. 公遽見之。(左傳・僖公二十四年)
　　　6. 今乘輿已駕矣，有司未知所之。(孟子・梁惠王下)
　　　7. 秦王怫然怒。(國策・魏策)
　　　8. 老臣今者殊不欲食。(國策・趙策)
　　　9. 老臣賤息舒祺最少，不肖。(國策・趙策)
　　　10. 上怒稍解。(史記・梁孝王世家)
　　時間詞、處所詞和方位結構：
　　　1. 明日，子路行以告。(論語・微子)

2. 自此，冀之南，漢之陰，無隴斷焉。（列子·湯問）

3. 孔子東遊。（列子·湯問）

4. 門下有毛遂者。（史記·平原君虞卿列傳）

5. 今少一人。（史記·平原君虞卿列傳）

6. 某年月日，秦王與趙王會飲，令趙王鼓瑟。（史記·廉頗藺相如列傳）

7. 五步之內，相如請得以頸血濺大王矣。（史記·廉頗藺相如列傳）

8. 士不外索，取於食客門下足矣。（史記·平原君虞卿列傳）

9. 昔有霍家奴，姓馮名子都。（辛延年，羽林郎）

10. 慶曆中，有布衣畢昇。（沈括，夢溪筆談）

表詞和以表詞為中心詞的詞組：

1. 其為人也小有才。（孟子·盡心下）

2. 趙太后新用事。（國策·趙策）

3. （郭）解以德報怨，厚施而薄望。（史記·遊俠列傳）

4. （李廣）殺其二人，生得一人。（史記·李將軍列傳）

5. （諸侯）爭割地而賂秦。（賈誼，過秦論上）

數量詞：

1. 柳下惠為士師，三黜。（論語·微子）

2. 宋殤公立，十年十一戰，民不堪命。（左傳·桓公二年）

3. 五就湯五就桀者，伊尹也。（孟子·告子下）

4. 白起興師與楚戰，一戰而舉鄢郢，再戰而燒夷陵，三戰而辱王之先人。（史記·平原君虞卿列傳）

5. 於是秦王不懌，為一擊缻。（史記·廉頗藺相如列傳）

名詞：

1. 肉食者謀之，又何間焉？（左傳·莊公十年）

2. 箕畚運於渤海之尾。（列子・湯問）

3. 羣臣吏民能面刺寡人之過者，受上賞。（國策・齊策）

4. 夫以秦王之威，而相如廷叱之。（史記・廉頗藺相如列傳）

5. 沛公曰：君為我呼入，吾得兄事之。（史記・項羽本紀）

6. 此特羣盜鼠竊狗盜耳。（史記・劉敬叔孫通列傳）

7. 布囊其口。（柳宗元，童區寄傳）

8. 以縛背刃，力上下，得絕。（柳宗元，童區寄傳）

9. 劉備、周瑜水陸並進。（通鑒・赤壁之戰）

10. 予分當引決。（文天祥，指南錄後序）

代詞：

1. 女（汝）奚不曰，其為人也，發憤忘食，樂以忘憂，不知老之將至云爾。（論語・述而）

2. 焉知賢才而舉之？（論語・子路）

3. 以小易大，彼惡知之。（孟子・梁惠王上）

4. 子非魚，安知魚之樂？（莊子・秋水）

5. 責（債）畢收乎？來何疾也。（國策・齊策）

介賓結構：

1. 季氏富於周公，而求也為之聚斂而附益之。（論語・先進）

2. 於是羊舌職死焉。（左傳・襄公三年）

3. 為我作君臣相說（悅）之樂。（孟子・梁惠王下）

4. 帝者與師處，王者與友處，亡國與役處。（國策・燕策——亡國指亡國之君。）

5. 君於趙為貴公子。（史記・廉頗藺相如列傳）

6. 乃欲以一笑之故殺吾美人。（史記・平原君虞卿列傳）

7. 陛下雖賢，誰與領此？（賈誼・治安策一）

8. 先帝知臣謹慎，故臨崩寄臣以大事也。（諸葛亮，前出師表）

其他結構：

1. 酒酣，吏二縛一人詣王。（晏子春秋・內篇雜下）

2. 寒暑易節，始一反焉。（列子・湯問）

3. 自有生民以來，未有孔子也。（孟子・公孫丑上）

4. 沛公居山東時貪於財貨。（史記・項羽本紀）

5. 至為河伯娶婦時，願三老、巫祝、父老送女河上，幸來告語之。（史記・滑稽列傳）

6. 從是以後，不敢復言為河伯娶婦。（史記・滑稽列傳）

7. 至於今，郡之賢士大夫請於當道，即除魏閹廢祠之址以葬之。（張溥，五人墓碑記）

6.4　後附狀語

再說後附狀語。充當後附狀語的有：

副詞：真正的副詞充當後附狀語的不多見。

1. 君美甚。（國策・齊策）

2. 窺鏡而自視，又弗如遠甚。（國策・齊策）

3. 坐須臾，沛公起如廁。（史記・項羽本紀）

時間詞、處所詞、方位結構：

1. 子大叔之廟在道南，其寢在道北。（左傳・昭公十八年 —— 亦可看作關涉賓語。）

2. 將軍戰河北，臣戰河南。（史記・項羽本紀）

3. 送女河上。（史記・滑稽列傳）

4. 同行十二年。（樂府詩集・木蘭辭）

5. 有蔣氏者，專其利三世矣。（柳宗元，捕蛇者説）

6. 叫囂乎東西，隳突乎南北。（柳宗元，捕蛇者説 ——"乎"字作
助詞解，則"東西""南北"就成了狀語。）

7. 與貴酋處二十日。（文天祥，指南錄後序）

8. 真州逐之城門外。（文天祥，指南錄後序）

表詞及以表詞為中心詞的詞組：

1. 布衾多年冷似鐵。（杜甫，茅屋為秋風所破歌）

2. 火烈風猛，船往如箭，燒盡北船。（通鑒・赤壁之戰）

3. 即捕得三兩頭，又劣弱不中於款。（聊齋・促織）

4. 憂悶欲死。（聊齋・促織）

數量詞：

1. 過黑卵之子於門，擊之三下。（列子・湯問）

2. 天公見玉女，大笑億千場。（李白，短歌行）

3. 庭前八月梨棗熟，一日上樹能千回。（杜甫，百憂集行）

4. 華膏隔仙羅，虛繞千萬遭。（孟郊，寒地百姓吟）

介賓結構：

1. 我入自外，室人交徧讁我。（詩・北門）

2. 子擊磬於衛。（論語・憲問）

3. 冢宰制國用，必於歲之杪。（禮記・王制）

4. 子墨子聞之，起於魯。（墨子・公輸）

5. 殺人以梃與刃，有以異乎？（孟子・梁惠王上）

6. 雞鳴狗吠相聞而達乎四境。（孟子・公孫丑上）

7. 四境之內，莫不有求於王。（國策・齊策）

8. 明於治亂，嫻於辭令。（史記・孫子吳起列傳）

9. 龐涓死於此樹之下。（史記・孫子吳起列傳）

10. 兵破於陳涉，地奪於劉氏。（漢書・賈誼傳）

11. 是敢於殺人，不敢於養人也。（北齊書・邢邵傳）

12. 蜀道之難，難於上青天。（李白，蜀道難）

名詞：

1. 今君乃亡燕走趙。（史記・廉頗藺相如列傳 —— 亦可視為關涉賓語。）

2. 林盡水源。（陶潛，桃花源記 —— 亦可視為關涉賓語。）

3. 遁跡江湖。

4. 走馬長安市。

6.5　和狀語有關的若干問題

（一）前加狀語和後附狀語能不能算作一個句成分？

　　就前兩節所舉的例子看來，前加狀語和後附狀語顯然有相同的地方，也有不同的地方。如果強調兩者之間的差異，就會主張它們是兩個不同的句成分；如果強調兩者之間的共同點，也未嘗不可以把它們看作同一個句成分，而認為這個句成分隨地位不同而有若干差別。兩種不同辦法哪一種比較有利是值得仔細考慮的。我為了照顧語法體系的統一性，就採取了後一辦法。不然的話就會產生兩種後果：a. 增加一個句成分，這樣一來，不但句成分合共成為七個，而且這七個句成分之間的層次也就要跟着改動；b. 不增加句成分，就會像“前加後補”的主張者那樣把本書中的“補語”擠掉，採用“合成謂語”和“兼語式”等説法，結果就會更壞。因為這樣一來，句成分之間的層次就難安排了。

　　（二）狀語的位置問題

　　狀語既分為前加和後附兩小類，那麼無論放在中心詞前面或

中心詞後面，都要算是正常的位置，是不須討論的。問題是還有
別的位置沒有？有的。首先，前加狀語可以提到句首，如：

1. 昔者吾友嘗從事於斯矣。（論語·泰伯）

2. 於是羊舌職死焉。（左傳·襄公三年）

3. 某年月日，秦王與趙王會飲，令趙王鼓瑟。（史記·廉頗藺相
如列傳）

4. 五步之內，相如請得以頸血濺大王矣。（史記·廉頗藺相如列傳）

5. 慶曆中，有布衣畢昇。（沈括，夢溪筆談）

6. 至於今，郡之賢士大夫請於當道，即除魏閹廢祠之址以葬
之。（張溥，五人墓碑記）

就這些例子看來，提在句首的狀語主要是表示時、地的詞語。

後置狀語在原則上應該和它的中心詞儘量接近。當它的中心
詞帶賓語時就發生了一個問題：賓語和後附狀語哪個在前？從前
節所舉的例子看來，一般是賓語在前，狀語在後，如：

1. 子擊磬於衛。（論語·憲問）

2. 冢宰制國用，必於歲之杪。（禮記·王制）

3. 遇黑卵之子於門，擊之三下。（列子·湯問）

4. 送女河上。（史記·滑稽列傳）

5. 真州逐之城門外。（文天祥，指南錄後序）

（三）狀語和它的中心詞之間要不要有虛詞介繫？

就白話來說，定語、狀語和它們的中心詞之間有時是要間詞
"的、地、得"來介繫的。就文言來說，和"的"字大致相當的是
"之"字，可是有沒有和"地""得"相當的字呢？和"地"字相
當的，似乎還有"然""如"等字，其實也未必相當；至於和"得"
字相當的，簡直就找不出來。如果把上節中的某些例句譯成白

話，照習慣都得加上 "得" 字，可是原句中都沒有相當的間詞，
值得我們注意：

　　　君美甚 —— 你美得很。

　　　又弗如遠甚 —— 又差得很遠。

　　　又劣弱不中於款 —— 又劣弱得不合規格。

　　　憂悶欲死 —— 憂悶得要死。

　　　冷似鐵 —— 冷得像鐵一樣。

第七章　名詞及其附類

7.1　漢語的名詞要不要再分為幾小類

名詞雖然是依據語法功能分出來的一個詞類，但在劃分出來之後，我們從內容方面來看的話，這類詞一般都是事物（包括人事）的名稱。其中有的是具體事物，有的是抽象概念，有的是生物，有的是無生物。屬於這一類的詞數目標大，真可以説是不勝列舉。

這類詞雖然數目龐大，卻不需要再分為幾小類（附類除外）。過去的語法書模仿西洋語法，把名詞再分為專用名詞（又稱固有名詞）、普通名詞、集合名詞、物質名詞、抽象名詞幾小類，這就漢語來説，是沒有必要的。再往下細分，那就更是不必要的了。

為甚麼漢語的名詞不需要再分為專用名詞、普通名詞、集合名詞、物質名詞和抽象名詞幾小類呢？因為這些名詞並沒有各自不同的語法功能，它們的不同僅僅是含義的不同，而含義的不同卻是不能作為分類依據的。西洋的語法所以要把名詞再分為專用名詞、普通名詞、集合名詞、物質名詞和抽象名詞幾小類，主要是由於在西洋的語法中，名詞對其他詞的結構關係要靠"格支配"和"性、數、格的照應一致"來表示，而在這一點上，專用名詞、普通名詞、集合名詞、物質名詞和抽象名詞是各不相同的。在漢語中，詞的結構關係既不靠"格支配"和"照應一致"來表示，當然也就不需要再把名詞分為幾小類。

可能有人會想到在標點符號的規定中有"專名號"和"書名號"，也可以作為把專用名詞抽出來另立一類的理由。再加上有人會想到將來的拼音漢字也許會規定專用名詞用大寫字母起頭，那麼就更有理由把專用名詞和其他名詞分開了。但就目前來說，拼音漢字還未成為現實，"專名號"和"書名號"也是可以靈活掌握的，所以都不能成為設立專用名詞的理由。

7.2　漢語的名詞有沒有形態

主張形態為詞分類標準的人，每每認為漢語也有形態。例如漢語的名詞加"們"（白話）或加"等""輩"（文言）可以表示多數，名詞重疊可以表示"每個"等等。這些詞綴能不能算作形態呢？要知道"形態"這一語法術語是不好亂用的。例如英語的"性、數、格"變化所以能稱為形態，是因為它們能涉及到一類詞的全體。如果沒有這個條件，就不能稱為形態。例如英語的指小詞尾就沒有人把它當作形態。漢語的"們""等""輩"等詞綴乃至重疊正和英語的指小詞尾一樣，只能適用於一部分名詞，所以也不能算作形態。

還有人把前綴"老""阿"和後綴"子""兒""頭"等乃至文言專用的前綴"有"字也看作形態，那就更成問題。這些就更顯然是構詞詞綴，與形態無關。難道曾有人把英語的詞綴 mis-、sub- 和 -tion、-tive、-ful 當作形態嗎？把這些東西當作形態能夠建立甚麼語法規律呢？不能建立某種語法規律就不能算作形態。

不錯，這些詞綴可以幫助我們識別一部分詞的詞性。但這仍是屬於詞匯範圍，不屬於語法範圍[1]。

更有趣的是竟有人說“名詞的一般形態是，可以附加指示詞、數詞或數量詞以及形容詞”。照這樣，把詞與詞的搭配關係也稱為形態，那麼，漢語的任何一類詞都就有了形態，因為任何一類詞都可以和其他詞類發生一定的搭配關係。照這樣講形態，形態就變成了漫無邊際、無法掌握的東西。

語法的目的原在於找出用詞造句的規律，可以幫助人掌握語言。從這一點來看，把搭配關係當作形態固不適當，而把構詞綴當作形態也不見得有甚麼好處。甚至像表示多數的詞尾既不涉及一類詞的全部，在一定情況下又可省去不用，把它算作形態，也是不必要的。

7.3　名詞的活用

本書在緒論一章中就已指出詞類活用是文言文的特點之一。在詞法概說一章中又專用一節篇幅具體談到詞類活用問題，但感到受篇幅限制，談得還不充分，所以在下面各章中將再分別就每類實詞補充一些例子。

就名詞來說，如果把充當主語、賓語、定語都算作名詞的固有語法功能，那麼，超過這個範圍的當然就要算作活用了。

首先我們可以舉出名詞用如表詞的例子。如：

1　實用的語法書附帶講一點構詞法是可以的，但在體系上必須明白構詞法屬於詞匯範圍，不屬於語法範圍。

1. 君子不器。(論語・為政)

2. 齊景公問政於孔子,孔子對曰:君君、臣臣、父父、子子。公曰:善哉,信如君不君,臣不臣,父不父,子不子,雖有粟,吾得而食諸!(論語・顏淵)

3. 子謂公冶長可妻也,雖在縲紲之中,非其罪也,以其子妻之。(論語・公冶長——兩"妻"字皆讀去聲。)

4. 欒黶、士魴門於北門。(左傳・襄公九年)

5. 勇士入其大門,則無人門焉者;入其閨,則無人閨焉者。(公羊傳・宣六年)

6. 范增數目項王。(史記・項羽本紀)

7. 匈奴未滅,何以家為?(漢書・霍去病傳)

8. 徐庶見先主,先主器之。(三國志・諸葛亮傳)

9. 再火令藥鎔。(沈括,夢溪筆談)

10. 明燭天南。(姚鼐,登泰山記)

在上面這些例句裏,名詞活用為表詞所以不至誤解的原因,有的是由於後面跟了賓語,有的是由於前面或後面有狀語,也有的靠其他條件。要特別提出的是例1和例2,雖帶有狀語"不",但因為"不"字可用於動詞也可用於象詞,所以這兩個例子該解為動詞抑或解為象詞,是可以討論的。還有

11. 今我在也,而人皆藉吾弟;令我百歲後,皆魚肉之矣。(史記・魏其武安侯列傳)

12. 諸侯用夷禮則夷之。(韓愈,原道)

13. 公若曰:爾欲吳王我乎?(左傳・定公十年)

14. 吾見申叔夫子,所謂生死而肉骨也。(左傳・襄公二十二年)

15. 齊桓公合諸侯而國異姓。(史記・晉世家)

這些例子，前兩個是所謂"意動"，後三個是所謂"致動"，應該也屬於名詞用如動詞的範圍。

　　再談名詞活用為副詞。所謂名詞活用為副詞，其實也就是名詞充當狀語。這樣的例子在"定語、狀語"一章中已經舉了不少，現在再補充一些：

　　1. 十九人相與目笑之。（史記・平原君虞卿列傳）

　　2. 楚田仲以俠聞，喜劍，父事朱家。（史記・遊俠列傳）

　　3. 雲集而響應。（賈誼，過秦論）

　　4. 秉心金石固，豈從時俗傾。（陸雲，為顧彥先贈婦往返詩）

　　5. 孤與老賊勢不兩立。（通鑒・赤壁之戰）

　　6. 草行露宿。（文天祥，指南錄後序）

　　7. 人皆得以隸使之。（張溥，五人墓碑記）

　　8. 籠養之。（聊齋・促織）

7.4　時間詞、處所詞、方位詞

　　照前面所講，時間詞、處所詞、方位詞雖然也可以像名詞一樣充當主語和賓語，但充當狀語的機會就更多，所以就被劃為名詞的附類。在這三小類詞之中，方位詞比起時間詞和處所詞來就格外特別。因為時間詞和處所詞獨立使用的機會還比較多些，而方位詞則常依附在其他詞上，僅僅保持一種半獨立的狀態。

　　茲舉時間詞、處所詞充任主語、賓語以及定語的例子來證明它和名詞的語法功能有相似之處。

　　1. 今是何世？（陶潛，桃花源記）

　　2. 是歲江南旱，衢州人食人。（白居易，輕肥）

前一句的謂語為"是何世"，所以"今"字就只能作為主語看待，後一句的"旱"雖表示天災，人心理上常認為天災和地域有關，所以"江南"也就成了"旱"的主語。又如

　　3. 自此，冀之南，漢之陰，無隴斷焉。(列子·湯問)

　　4. 門下有毛遂者。(史記·平原君虞卿列傳)

　　5. 時村中來一駝背巫。(聊齋·促織)

這三個句子，"冀之南""漢之陰""門下""村中"這些處所詞究竟該算作主語還是該算作狀語呢？看來是可以隨人的心理而作不同解釋的。如果心理上着重處所，而認為該處所存在着某種情況或發生了某種情況，那麼處所就成了陳述對象；如果心理上着重存在的情況或發生的情況，而認為這種情況是存在於某處或發生於某處的，那麼處所詞就成了狀語。但在

　　6. 慶曆中，有布衣畢昇。(沈括，夢溪筆談)

　　7. 後遂無問津者。(陶潛，桃花源記)

　　8. 今少一人。(史記·平原君虞卿列傳)

這幾個句子裏，通常總是把"慶曆中""後""今"這些時間詞看作狀語，而不大會把它們看作主語的。這就證明人們對於時間詞和處所詞的感覺有所不同。是怎樣的不同呢？那就是時間詞比較空虛，處所謂比較實在，所以前者成為陳述對象的可能性就小些，後者成為陳述對象的可能性就大些。另外像

　　9. 村中聞有此人，咸來問訊。(陶潛，桃花源記)

一句中的"村中"實係以地代人，屬於修辭問題，可以不必討論。

　　時間詞、處所詞充當賓語的例子如：

　　1. 王坐於堂上。(孟子·梁惠王上)

　　2. 魏其謝病，屏居藍田南山之下。(史記·魏其武安侯列傳)

3. 悍吏之來吾鄉，叫囂乎東西，隳突乎南北。（**柳宗元，捕蛇者說**）

4. 成敗之機，在於今日。（**通鑒・赤壁之戰**）

5. 將軍擒操，宜在今日。（**通鑒・赤壁之戰**）

6. 予猶記周公之被逮，在丁卯三月之望。（**張溥，五人墓碑記**）

時間詞、處所詞充當定語的例子如：

1. 今之樂由（猶）古之樂也。（**孟子・梁惠王下**）

2. 居天下之廣居，立天下之正位，行天下之大道。（**孟子・滕文公下**）

3. 今日之事如何？（**史記・項羽本紀**）

4. 回樂峰前沙似雪，受降城外月如霜。（**李益，夜上受降城聞笛 —— 此例亦可解為狀語。**）

至於時間詞、處所詞，因為它們充當狀語的例子比較常見，而且前面已舉過一些，現在就不再舉了。

方位詞常見的有"東、西、南、北、中、上、下、左、右、內、外、前、後"等。它們常常放在名詞後面，和名詞結合起來表示處所或時間。有時也用間詞"之"字插在中間，所以我說它保持一種半獨立狀態。例如：

1. 子大叔之廟在道南，其寢在道北。（**左傳・昭公十八年**）

2. 楚人為小門於大門之側而延晏子。（**晏子春秋・內篇雜下**）

3. 本在冀州之南，河陽之北。（**列子・湯問**）

4. 自此，冀之南，漢之陰，無隴斷焉。（**列子・湯問**）

5. 數月之後，時時而間進，期年之後，雖欲言，無可進者。（**國策・齊策**）

6. 暮宿黃河邊／暮宿黑水頭。（**樂府詩集・木蘭辭**）

7. 奪我身上暖，買爾眼前恩。（白居易，重賦）

8. 慶曆中，有布衣畢昇。（沈括，夢溪筆談）

9. 故壘西邊，人道是三國周郎赤壁。（蘇軾，念奴嬌）

方位詞也間或可以獨立充當主語、定語及賓語，所以也還有一定的獨立性。如

1. 南有樛木，葛藟纍之。（詩・樛木）

2. 乃下令，羣臣吏民能面刺寡人之過者，受上賞，上書諫寡人者，受中賞；能謗議於市朝，聞寡人之耳者，受下賞。（國策・齊策）

3. 遂以為上客。（史記・平原君虞卿列傳）

4. 中無雜樹。（陶潛，桃花源記）

5. 迴車叱牛牽向北。（白居易，賣炭翁）

6. 時北兵已迫修門外。（文天祥，指南錄後序）

7. 中繪殿閣。（聊齋・促織）

方位詞也可以活用為動詞，如：

1. 孔子下，欲與之言。（論語・微子）

2. 臣乃敢上璧。（史記・廉頗藺相如列傳）

3. 吾所以為此者，以先國家之急而後私仇也。（史記・廉頗藺相如列傳）

4. 維揚帥下逐客之令。（文天祥，指南錄後序）

7.5 時間詞、處所詞、方位詞的範圍

作為名詞附類的時間詞、處所詞、方位詞應該包括哪些詞，還是值得研究的。過去的舊語法書把這些詞一律作為副詞固然不

對，但是現在的新語法書有的把一切表示時間和處所的詞都放在名詞附類裏也是成問題的。例如"北京""南京""武昌""長安""洛陽"這些地名，乃至"端陽節""中秋節"這些節令的名稱是否要算作處所詞和時間詞呢？就值得好好研究。

原來和時間或處所有關的詞，它們的語法功能並不一樣。有的應看作名詞，有的應看作表詞，有的應看作副詞，是不能一律都看作時間詞和處所詞的。如果只從詞義着眼，就很難把它們劃分開來。必須以語法功能為標準才能看出它們之間的區別。

怎樣按語法功能來把和時間或處所有關的詞劃分開來呢？我以為：

(一) 凡是只能充當狀語而不能充當謂語、定語或主語、賓語的，應劃歸副詞；

(二) 凡是能充當狀語也能充當謂語、定語而不能充當主語、賓語的，應劃歸表詞（這類詞經過名物化之後也可以充當主語、賓語）；

(三) 雖能充當主語、賓語或謂語、定語，但以充當狀語為主的，應劃歸名詞的附類；

(四) 其語法功能和一般名詞沒有顯著區別的，應劃歸名詞。

按照這個標準，那麼"北京""南京""武昌""長安""洛陽""端陽節""中秋節"這些詞當然就是一般的名詞，而不是名詞附類的時間詞或處所詞了。"臨時""暫時""從容""遙遙""處處"就是表詞而不是副詞了。

總之，研究語法和學習語法的人都必須在意識中把句成分和詞類兩種概念分開，不能讓兩者相混。而同時也要看清，所謂語法功能，正是在句成分和詞類兩者之間起聯繫作用的東西。

第八章　表詞和表詞結構

8.1　表詞和表詞結構總述

　　句子的靈魂是謂語，而充當謂語的主要是表詞，因而表詞在各類詞中本來就比較重要。而表詞裏有助動詞這一附類，其作用頗為突出，值得細講。再加上表詞和表詞可以結合着使用，結合的情況又比較複雜，所以就更非細講不可了。

　　助動詞為甚麼值得細講呢？因為它數目雖不多，使用的頻率卻遠遠超過了一般表詞。幾乎所有的助動詞都可以和每一個動詞配合着使用，而一部分助動詞也可以和多數象詞配合着使用。這樣，助動詞的使用頻率就自然比一般表詞大得多了。正因為這樣，助動詞才比一般表詞更為重要。我們切莫要以為它是幫助一般表詞的，就以為它不如一般表詞重要。從語法角度來看問題，助動詞因為比一般表詞更具有普遍性，所以就更為重要[1]。

　　講到表詞和表詞相結合的情況，其複雜程度也遠非其他詞類的結合可比。例如兩個名詞相結合，只不過構成

1　類似的情形就間詞"之"（文言）和"的"（白話）來看就更明顯。從有無含義來說，"之"和"的"可以說是漢語中最空處的詞，可是它的使用頻率最大，因而在語法上也最重要。

$$名_1 + 名_2$$

的形式。就內容來説，一般都是"名$_1$"限定"名$_2$"。即使有例外，人們通常也不過把它們看作複合名詞了事。但是講到表詞的結合就大不相同了。即使把助動詞除外，在

$$表_1 + 表_2$$

這個一般形式中，"表$_1$"可以是動詞，也可以是象詞；"表$_2$"同樣可以是動詞，也可以是象詞。因而就產生四種情況，即：

動 + 動　　　象 + 動

動 + 象　　　象 + 象

而且動詞又有帶連帶成分與不帶連帶成分的區別，所以形式就格外複雜了。

　　再就內容來看前後兩表詞之間的關係，有時前輕後重，使我們感覺前者是後者的前加狀語；有時前重後輕，使我們感覺後者是前者的後附狀語，有時又分不出輕重，但可以看出是並列或承接關係；有時又結合得比較緊密，並沒有並列或承接關係，就只好從功能上當作複合詞或暫作一種特殊結構，不加分析了。

　　這樣一説就知道表詞和表詞相結合的情況是值得仔細研究的了。

8.2　助動詞

　　每本語法書都談到助動詞，可是對照一下就知道，各家對助動詞的看法卻是頗有出入的。不同之點主要在於助動詞範圍的大小。我主張儘量把助動詞的範圍擴大。擴大助動詞的範圍有甚麼好處呢？好處就在於它可以減少句分析時的一些麻煩。照語法學界的通常習慣，在分析句子的時候，總是把助動詞和本動詞合在

一起算作一個句成分的，並不把助動詞單獨看作一個句成分。因此，把助動詞擴大了，就可以減少句分析時的某些麻煩。

拿附在動詞後表示趨向的某些詞來說，像

1. 亂石穿空，驚濤拍岸，捲起千堆雪。（蘇軾，赤壁懷古）
2. 蟲躍去尺有咫。（聊齋‧促織）
3. 后緡方娠，逃出自竇。（左傳‧哀公元年）
4. 君為我呼入，吾得兄事之。（史記‧項羽本紀）
5. 黃鶯過水翻回去，燕子銜泥濕不妨。（杜甫，即事）
6. 乾葉不待黃，索索飛下來。（白居易，諭友）

這些句子裏的"起""去""出""入""回去""下來"這些詞，如果不作為助動詞看待，在分析時就必須把它們當作另一個句成分。當作甚麼成分才好呢？這就會引起麻煩。

所以我在《語法新編》裏就把某些語法書中稱為"能願動詞""趨向動詞"乃至"時態助詞"的那些東西都一概作為助動詞看待了。這樣一來，助動詞就需要按位置分為兩類：用在本動詞前面的，叫做前置助動詞；用在本動詞後面的，叫做後置助動詞。

助動詞不僅就全體來看可以在範圍上有大小，甚至就助動詞的某一小類來看，也可以在範圍上有大小。例如就被一部分語法書稱為"能願動詞"的這類助動詞來說，各家列入這一類的詞在範圍上也不無出入。照我的想法，也不妨適當擴大一點。當然也不能過於擴大，把應該當作本動詞的東西也包括到助動詞裏。

就前置助動詞來說，多數語法書把

能、願、可、欲、得、應、當、宜、敢、肯、合、須、足、忍、屑這些詞當作助動詞。這個範圍是否適當，還可以討論。不過那已經過於專門，我現在暫且不談。現在且就這些助動詞舉一些例證：

1. 寡人已知將軍能用兵矣。（史記‧孫子吳起列傳）

2. 臣願奉璧往。（史記‧廉頗藺相如列傳）

3. 瞬息可成。（沈括，夢溪筆談）

4. 吾欲辱之。（晏子春秋‧內篇雜下）

5. 使遂蚤得處囊中，乃穎脫而出，非特其末見而已。（史記‧平原君虞卿列傳）

6. 君自故鄉來，應知故鄉事。（王維，雜詩）

7. 王當歃血而定從（zòng）。（史記‧平原君虞卿列傳）

8. 今大王亦宜齋戒五日。（史記‧廉頗藺相如列傳）

9. 勝不敢復相士。（史記‧平原君虞卿列傳）

10. 公子欲見兩人，兩人自匿，不肯見公子。（史記‧魏公子列傳）

11. 案之禮典，便合傳家。（後漢書‧鄭玄傳）

12. 奉世上言：願得其眾，不須復煩大將。（漢書‧馮奉世傳）

13. 楚相不足為也。（史記‧滑稽列傳）

14. 見其生，不忍見其死；聞其聲，不忍食其肉。（孟子‧梁惠王上）

15. 不受也者，是亦不屑就已。（孟子‧公孫丑上）

不過，上列這些助動詞裏面也有若干可以獨立用作謂語的，如：

1. 吾少也賤，故多能鄙事。（論語‧子罕）

2. 可汗問所欲，木蘭不願尚書郎。（樂府詩集‧木蘭辭）

3. 子曰：仁遠乎哉？我欲仁，斯仁至矣。（論語‧述而）

對於這樣的情形，該怎麼辦呢？我看，可以讓它們跨類，即用為助動詞時是助動詞，用為獨立動詞時是獨立動詞。

就後置助動詞來説，各家的意見就更有出入。例如所謂"趨向動詞"，有人把它當作助動詞，也有人不把它當作助動詞。至於表時態的"罷""了""完""畢"諸詞，也是這樣。我是贊成把這些東西都看為助動詞的。

文言中的後置助動詞的範圍有多大，現在還不能確定，大約表示趨向的"出、入、去、來、上、下、上去、下來、回"等，表示可能的"得"字，表示時態的"罷、了、完、畢"等，總可以算在裏面的。除前面已舉的例證之外，再補充若干例證在下面：

1. 華（指華歆）捉而擲去之。（世説新語・德行）

2. 魂兮歸來。（楚辭・招魂 —— 這個"來"字也有人認為是助詞。）

3. 少間，簾內擲一紙出。（聊齋・促織）

4. 蒼天變化誰料得。（杜甫，杜鵑行）

5. 曾隨織女渡天河，記得雲間第一歌。（劉禹錫，聽舊宮中樂人穆化唱歌）

6. 山中相送罷，日暮掩柴扉。（王維，送別）

7. 新詩改罷自長吟。（杜甫，觸悶）

8. 也莫向竹邊孤負雪，也莫向柳邊孤負月，閒過了，總成痴。（辛棄疾，最高樓）

8.3　表詞的類別和活用

在詞法概説一章中，我已談到表詞可以分為動詞和象詞兩小類，並且把助動詞作為附類放在動詞裏面。表詞是否分到這一步就夠了呢？嚴格地說來是不夠的。因為我們在句法概說一章中已經談到，有些動詞按詞義還要帶賓語和補語，那麼我們也就有必要把動詞按照它需要不需要賓語和補語再劃分為四小類。即：

    a. 需要賓語（指受事賓語）的，通常稱為他動詞；

    b. 不需要賓語（指受事賓語）的，通常稱為自動詞；

    c. 他動詞除賓語之外還需要補語的，通常稱為不完全他動詞；

    d. 自動詞需要補語的，通常稱為不完全自動詞。

這種分類既是從詞義出發的，因而好像違背了形態為綱的原則，實則不然。因為詞義已影響到結構，我們正不妨說它仍是從帶不帶賓語和補語來劃分的。

    在這裏需要申說的是，在漢語中，自動和他動的界限並不十分明確。同一個詞有時用作自動詞，也有時用作他動詞。例如：

    1. 文（田文）以五月五日生。（**史記・孟嘗君列傳**）

    2. 初，鄭武公娶於申，曰武姜，生莊公及共叔段。（**左傳・隱公元年**）

    3. 劌曰：肉食者鄙，未能遠謀，乃入見。（**左傳・莊公十年**）

    4. 於是入朝見威王。（**國策・齊策**）

    5. 秦王坐章臺見相如。（**史記・廉頗藺相如列傳**）

同是一個"生"字，在例 1 中用為自動詞，在例 2 中則用為他動詞；同是一個"見"字，在例 3 中用為自動詞，在例 4、例 5 中則用為他動詞。再加上文言文中動詞有致動用法，如：

    6. 君將哀而生之乎？（**柳宗元，捕蛇者說**）

    7. 殺雞為黍而食（sì）之，見（xiàn）其二子焉。（**論語・微子**）

於是自動、他動的界限就弄得格外模糊起來。

還有一個"之"字，在

1. 戰於長勺，公將鼓之。（左傳·莊公十年）

2. 填然鼓之，兵刃既接，棄甲曳兵而走。（孟子·梁惠王上）

3. 天油然作雲，沛然下雨，則苗浡然興之矣。（孟子·梁惠王上）

4. 高祖以亭長為縣送徒驪山，徒多道亡。自度：比至，皆亡之。（史記·高祖本紀）

5. 西門豹曰：諾，且留，待之須臾。（史記·滑稽列傳）

6. 小子識之，苛政猛於虎也。（禮記·檀弓）

這些句子裏，既像是賓語，又說不清是怎樣的賓語，於是就使一部分語法學家在思想上感到"古人沒有甚麼及物動詞（即他動詞）和不及物動詞（即自動詞）的分別，只要有賓語可加，都可以加上賓語"。

誠然，在漢語中，自動和他動的界限是不十分明確的。這種情況也並不限於文言，白話也是這樣。但我們從大處着眼，仍必須承認漢語的動詞有自動和他動的區別，也有完全和不完全的區別。不然，我們就無法講清賓語和補語，也無法講清本用和活用了。

把上面的問題交代清楚之後，現在就來講表詞的活用。

首先要提到的是表詞的名物化問題。既然我們認為表詞的語法功能以充當謂語、定語為常，那麼，在表詞充當主語、賓語的時候就理應看作一種活用。所以像前面講主語、賓語時所舉的那些例子，即：

1. 喜生於好（hào），怒生於惡（wù）。（左傳·昭公二十五年）

2. 好（hào）惡（wù）著，則賢不肖別矣。（史記·樂書）

3. 知之為知之，不知為不知，是知也。(論語‧為政)

4. 儉，德之共也，侈，惡之大也。(左傳‧莊公二十四年)

5. 富與貴，是人之所欲也，不以其道得之，不處也。(論語‧里仁)

6. 民不畏死，奈何以死懼之。(老子第七十四章)

7. 既得之，患失之，苟患失之，無所不至矣。(論語‧陽貨)

8. (余)讀《鵬鳥賦》，同死生，輕去就，又爽然自失矣。(史記‧屈原賈生列傳)

9. 君子食無求飽，居無求安，敏於事而慎於言，就有道而正焉，可謂好學也已。(論語‧學而)

10. 有國有家者，不患寡而患不均，不患貧而患不安。(論語‧季氏)

都可以看作活用。其中活用得久了的，也可以說是已真正成了抽象名詞。不過，帶有狀語或賓語的，如"不肖""不如""知之""失之""不均""不安""有道"等，總不能不說是"名物化"的例子吧。

其次該談表詞內部的活用了。既然動詞和象詞都可以充當謂語和定語，所以不能把動詞充當定語或象詞充當謂語認為活用。也不能把一個象詞加上助動詞之帶有動意認為活用。同樣，同一個動詞，有時作為自動詞，不帶賓語，有時作為他動詞，帶賓語，一般也不能認為活用。只有象詞的意動用法和表詞的致動用法以及其他若干特例才可以算作活用。

象詞的意動用法如：

1. 賊易之，對飲酒，醉。(柳宗元，童區寄傳)

2. 漁人甚異之。(陶潛，桃花源記)

3. 刺史顏證奇之。(柳宗元，童區寄傳)

4. 吾妻之美我者，私我也，妾之美我者，畏我也，客之美我者，欲有求於我也。(國策・齊策)

5. 成以其小，劣之。(聊齋・促織)

表詞的致動用法如：

1. 畢禮而歸之。(史記・廉頗藺相如列傳)

2. 項伯殺人，臣活之。(史記・項羽本紀)

3. 操軍方連船艦，首尾相接，可燒而走也。(通鑒・赤壁之戰)

4. 浮之河中。(史記・滑稽列傳)

5. 江晚正愁予，山深聞鷓鴣。(辛棄疾，菩薩蠻)

6. 人潔己以進。(論語・述而)

7. 正其衣冠。(論語・堯曰)

8. 厚其牆垣。(左傳・襄公三十一年)

9. 匠人斲而小之。(孟子・梁惠王下)

10. 故天將降大任於是人也，必先苦其心志，勞其筋骨。(孟子・告子下)

另外，有些例子是不能用"意動""致動"和"名物化"來解釋的，略舉數例於下：

1. 使公於華泉取飲。(左傳・成公二年 —— "飲"本動詞，今用為名詞，指所飲之物。)

2. 陳良楚產也。(孟子・滕文公上 —— "產"本動詞，今用為名詞，指所產之人。)

3. 以愚黔首。(賈誼，過秦論 —— 此例雖亦能作致動解，但不如逕認為他動詞較好。)

4. 使趙不將括則已；若必將之，破趙軍者必括也。(史記・廉頗藺相如列傳 —— "將"字是任以為將的意思，"破"字是使破的意思。)

5. 殺雞為黍而食（sì）之。（論語·微子——"食"讀 shí 是一般的
他動詞，讀 sì 是使食的意思。）

8.4　表詞有沒有形態

　　表詞有沒有形態，也是值得好好研究的問題。因為把不是形
態的東西當作形態，不僅徒然增加了語法的內容，甚至歪曲了漢
語的面貌，使學習語法的人對漢語有所誤解。例如把構詞詞綴當
作形態，就會不當地誇大了這種詞綴的作用，其害猶小；而把
表示被動的"被""見"等詞當作形態，或把表示時態的助動詞
"了""着""過"當作形態，那就不僅使人在學習這些詞時增加
了困難，而且到後來在使用這些詞時也會發生使用不當的情形：
在不該用"被""了""着"的時候用上"被""了""着"，於是就
使人感到那是"歐化"的句子。

　　首先，我們要問動詞的重疊和象詞的重疊是不是形態？拿白
話中的

看：看看		修飾：修飾修飾	
想：想想		琢磨：琢磨琢磨	
高：高高		清楚：清清楚楚	
藍：藍藍		乾淨：乾乾淨淨	

這些東西來對照，我當然也會承認重疊有某種作用。但重疊是否
能看作形態呢？不能。第一，因為重疊不能適用於某類詞全體，
只能適用於某類詞中的一小部分；第二，同是重疊這個手段，在
名詞、動詞、象詞中的作用各不相同。

　　其次，再說詞綴。我在第七章中已指出能加在名詞上的詞綴

都是構詞詞綴，不能認為形態。甚至表示多數的"們""等""輩"
等很像形態，但認真研究一下也就知道並不是形態。講到表詞，
在白話中連構詞詞綴也難找到，所以人們少談到這一方面，可是
到了講文言的時候，人們又看到了

> 爰居爰處，爰喪其馬。(詩·擊鼓)
> 曰歸曰歸，心亦憂止。(詩·采薇)
> 言旋言歸，復我邦族。(詩·黃鳥)
> 遹求厥寧，遹觀厥成。(詩·文王有聲)

這些例子中的"爰""曰""言""遹"諸字，認為它們是詞頭。實
際上是不是詞頭也還有待於仔細研究。即使承認它們是詞頭，它
們到底是構詞詞頭呢，還是構形詞頭呢？連它們的作用也還說不
清楚，就不妨暫從舊說，稱之為助詞。

最後講到表示被動的"被""見"等詞和表示時態的
"了""着""過"等助動詞。説重疊和構詞詞綴不是形態，人們
多半還容易想得清楚，但講到表示被動的"被""見"和表示時態
的"了""着""過"等不是形態，人們的頭腦常常為西洋的 voice
和 tense 所糾纏，不大容易想得清楚。愈是對於西洋語法有研究
的人，就愈容易生硬地拿西洋語法和漢語相比附，説甚麼"了"
表示完成體，"着"表示進行體，"過"表示已行體。漢語果真有
"體"麼？看來不過是人們拿"了、着、過"比附 tense 發現漏洞
百出，因而又有人把西洋語法中的 aspect(體) 搬了來罷了。這些
問題單從白話語法來談還不大容易談得清楚，現在我們有條件用
白話和文言對照着講，就比較容易講清了。

就漢語表現被動的方法來説，我在《語法新編》中已證明
"被"字既不是詞頭，也不是介詞。它實是一個弱化了的動詞，

因此認為"助動詞説"有一定的道理。可是拿"被"字和表示被動的"受""捱""叫""讓""給"諸字放在一起同時考慮,我們還只能認為這些表示被動的方法是一種迂迴説法,不是形態。再拿白話中的"被""受""捱""叫""讓""給"和本書第四章第六節所講的文言中表示被動的各種方法一對照,就更可以看"被"字不是形態了。

就漢語表現時態的方法來説,"了""着""過"也不能説是形態。這些字的用法既不能和西洋的 tense 相比,也不能和西洋的 aspect 相比。例如"了"字,説它是過去式固然不對,説它是完了式也不見得就對。我們試拿白話和文言對照一下就格外清楚。誰都能看出

> 他要走啦(了啊)。
> 彼將去矣。

這兩個句子在意思上是完全相同的。但從語法體系來看,"要"字是助動詞,而"將"字卻是副詞;"了"字是助動詞,而"矣"字卻是助詞。如果把"了"字當作表示"體"的詞尾或形態,那麼"矣"字是否也可以算作詞尾或形態呢?不僅如此,而且"了"字和"要"配合着使用又該算作甚麼"體"呢?看來,用西洋的語法概念往漢語上硬套,就只會替我們增加負累,是沒有甚麼好處的。

也許有人認為我把"啦"字當作"了啊"的合音是錯誤的。照他們的意見,"啦"字應是語氣詞。其實不然。因為我們有時也聽到"他要走了"這樣的話。不僅如此,而且拿

> 他已經走了。
> 彼已去矣。

這兩個句子對照一下，就自然明白。因為我們有時也聽到人說"他已經走啦"。

有些人也承認"了""着""過"不宜看作詞尾，甚至承認"了""着""過"為助動詞，但他們仍堅持漢語有形態。因為他們看到了西洋的語法理論中有所謂"分析形態"，於是就認為漢語的"了""着""過"是一種分析形態。這種意見對不對呢？不對。但為了說清這個問題，我就需要先向大家說清分析形態是甚麼。所謂分析形態指的是不用詞形變化而用獨立的詞所表現的形態。例如英語沒有單獨的未來時，要用助動詞 shall/will 加在本動詞上來構成未來時。但我們要想清楚、分析形態是和綜合形態相對的概念，沒有綜合形態，也就沒有分析形態。正因為英語的時制一部分是靠綜合形態構成的，所以才有必要提出分析形態這個概念來。如果不是這樣，就根本沒有提出分析形態的必要。提出不必要的東西，只是自找麻煩。試想，英語的形容詞如果全部都用 more : most 來表示比較，還有必要設立"比較"這個語法範疇嗎？

8.5　表詞結構

前面曾說過，兩個表詞相結合可以有"動＋動""動＋象""象＋動""象＋象"四種情況，但實際上如果前一個動詞帶了連帶成分或後置助動詞，問題就變得更為複雜。所以為了敍述的方便，我們不妨把直接結合的表詞結構和被連帶成分或後置助動詞隔開的表詞結構分開來討論。這樣一來，情況就變成了三種，即：

（一）動詞後面直接跟着動詞或象詞；

（二）兩個動詞連用，但中間夾着連帶成分或後置助動詞；

（三）象詞後面直接跟着動詞或象詞。

第一種情況就是某些語法書上所說的動補結構；第二種情況就是某些語法書上所說的動詞連用或"連動式"；第三種情況還少見人談到。

　　情況雖有不同，但我們不妨先放在一起總提一下：這些結構都分前後兩項。這兩項的關係怎樣呢？若就內容來看，兩項之間的關係當然是頗為複雜的。但要記住，我們要解決的並不是兩項之間的內容關係，而是結構關係如何的問題。如果兩項之中重在前項，那麼後一項就自然成了後附狀語；如果兩項之中重在後項，那麼前一項就自然成了前加狀語；如果兩項分不出輕重，那就是並列關係或前後承接關係；如果兩項分不出輕重而又結合得比較緊密，在分析句子時，只能當作一個句子成分處理，那就要斟酌情形看作合成詞或看作一種特殊結構。我們必須對具體情況作具體分析，不能刻板地把動詞前的象詞一律看成狀語，把動詞後的象詞一律看成補語（指某些語法書所講的補語，不是本書所講的補語）。

　　在做了上面的交代之後，就讓我們先來查看一下本書在前面已經講到過的一些表詞結構吧。我在第六章講前加狀語和後附狀語時已經舉過一些表詞和以表詞為中心詞的詞組充當前加狀語或後附狀語的例子。即：

　　1. 其為人也小有才。（**孟子·盡心下**）

　　2. 趙太后新用事。（**國策·趙策**）

　　3. （郭）解以德報怨，厚施而薄望。（**史記·遊俠列傳**）

　　4. （李廣）殺其二人，生得一人。（**史記·李將軍列傳**）

5.（諸侯）爭割地而賂秦。（賈誼，過秦論上）

—— 以上前加狀語

1. 布衾多年冷似鐵。（杜甫，茅屋為秋風所破歌）

2. 火烈風猛，船往如箭，燒盡北船。（通鑒・赤壁之戰）

3. 即捕得兩三頭，又劣弱不中於款。（聊齋・促織）

4. 憂悶欲死。（聊齋・促織）

—— 以上後附狀語

就這些前加狀語和後附狀語的例子看來，已足以證明動詞和象詞的結合，並非總是動重於象，也有的象重於動。

再看不分輕重的情況：

1. 楚狂接輿歌而過孔子。（論語・微子）

2. 子路拱而立。（論語・微子）

3. 止子路宿，殺雞為黍而食 (sì) 之，見 (xiàn) 其二子焉。（論語・微子）

4. 予既烹而食之。（孟子・萬章上）

5. 坐以待旦。（孟子・離婁下）

6. 齊伐取我隆。（史記・魯世家）

7. 秦虜滅韓王。（史記・燕世家）

8. 齊侯伐衛，戰敗衛師。（左傳・莊公二十八年）

9. 督戎踰入，豹自後擊而殺之。（左傳・襄公二十三年）

10. 乃激怒張儀。（史記・蘇秦列傳）

11. 齊襄公使彭生醉拉殺魯桓公。（史記・鄭世家）

12. 樂毅攻入臨淄。（史記・樂毅列傳）

13. 遂餓死於首陽山。（史記・伯夷列傳）

14. 恐帝長大後見怨。（漢書・雲敞傳）

15. 使陛下奉承天統，欲矯正之也。（漢書・李尋傳）

16. 左賢王數年病死。（漢書・匈奴傳）

17. 無令長相思，折斷綠楊枝。（李白，宣城送劉副使入秦）

18. 鳥入籠中難走脫。（張淮琛變文）

19. 以縛即爐火燒絕之。（柳宗元，童區寄傳）

20. 復於地取內（納）口中，齧破即吐之。（世説新語・忿狷）

就這些例句看來，其表詞結構有的是並列關係，有的是承接關係，還有的不但不像並列、承接關係，而且結合得比較緊密，理應看作一個句成分。其中大部分由於常用已經像是複合詞，但也有不像複合詞的，就只好看作一種特殊結構。尤其特殊的是例 11 的"醉拉殺"和例 18 的"難走脫"，三字連用，該如何分析，是要好好考慮的。

有了上面的説明，大家想必已能知道我所講的表詞結構是怎麼回事。下面再列舉一些例子，請大家照樣分析一下試試。

1. 璧有瑕，請指示王。（史記・廉頗藺相如列傳）

2. 相如前進瓿，因跪請秦王。（史記・廉頗藺相如列傳）

3. 相如顧召趙御史。（史記・廉頗藺相如列傳）

4. 兒懼，啼告母。（聊齋・促織）

5. 忽聞門外蟲鳴，驚起覘視，蟲宛然尚在。（聊齋・促織）

6. 牀頭屋漏無乾處，雨腳如麻未斷絕。（杜甫，茅屋為秋風所破歌）

7. 死而湮沒不足道。（張溥，五人墓碑記）

8. 於是辭相印不拜。（文天祥，指南錄後序）

9. 蟲躍擲逕出，迅不可捉。（聊齋・促織）

10. 急擊勿失！（史記・項羽本紀）

11. 交戟之衞士欲止不內。（史記・項羽本紀）

12. 莫不響震失色。（通鑒・赤壁之戰）

13. 出門看火伴。（樂府詩集・木蘭辭）

14. 相隨買花去。（白居易，買花）

15. 瑜等率輕銳繼其後，靁鼓大進。（通鑒・赤壁之戰）

16. 斂貲財以送其行。（張溥，五人墓碑記）

17. 黔敖為食於路以待餓者而食之。（禮記・檀弓）

18. 夫大國，難測也。（左傳・莊公十年）

19. 子曰：君子易事而難説（悦）也。（論語・子路）

20. 子曰：不有祝鮀之佞而有宋朝之美，難乎免於今之世矣。（論語・雍也）

21. 子曰：默而識之，學而不厭，誨人不倦，何有於我哉。（論語・述而）

22. 其為人也，發憤忘食，樂以忘憂，不知老之將至云爾。（論語・述而）

23. 子曰：三年學不至於穀，不易得也。（論語・泰伯）

24. 夫子循循然善誘人。（論語・子罕）

25. 過則勿憚改。（論語・子罕）

26. 今由與求也相夫子，遠人不服而不能來也，邦分崩離析而不能守也，而謀動干戈於邦內，吾恐季孫之憂不在顓臾而在蕭牆之內也。（論語・季氏）

8.6　特殊表詞

事物的不齊乃是常態。對於為歷史產物的語言來說尤其是這樣。語法中的詞類，本來就是以語法功能為標準，取其大同、捨其小異來分的，所以一類詞當中總不免有些不十分整齊劃一的現象。這就表詞來看就更加突出。有少數動詞，並沒有"動"義，可是因為它們的語法功能和一般動詞相近，因而也就劃在動詞一類裏了。但仔細一查才知道它們和一般動詞的差別還並不小。現在就選擇"為""是""非""有""無"這幾個詞為代表以示一斑。

先說"為""是""非"這幾個詞。"為""是"的基作用是連繫兩個名詞構成一個判斷，所以在語法中算作繫詞，也算作判斷詞。"非"字是"為""是"的否定。

判斷句在文言文中常常不用繫詞，如：

1. 劉備，天下梟雄。(**通鑒・赤壁之戰**)

2. 此東海也。(**姚鼐，登泰山記**)

3. 白起，小豎子耳。(**史記・平原君虞卿列傳**)

4. 五人者，蓋當蓼洲周公之被逮，激於義而死焉者也。(**張溥，五人墓碑記**)

5. 以為無益而舍之者，不耘苗者也；助之長者，揠苗者也。(**孟子・公孫丑上**)

需要使用"為""是"來進行連繫的，往往出於以下各種情況。用了繫詞就或多或少帶了強調的作用。

(一) 主語和謂語相同，如：

1. 知之為知之，不知為不知，是知也。(**論語・為政**)

2. 爾為爾，我為我，雖袒裼裸裎於我側，爾焉能浼我哉？(**孟子・公孫丑上**)

3. 子非魚，安知魚之樂？(**莊子・秋水**)

(二) 以象詞為謂語的判斷句，如：

1. 師直為壯，曲為老，豈在久乎？(**左傳・僖公二十八年**)

2. 民為貴，社稷次之，君為輕。（孟子·盡心下）

（三）以詞組或某種結構為謂語的判斷句，如：

1. 臣以王之攻宋也為與此同類。（墨子·公輸）

2. 此為長江之險已與我共之矣。（通鑒·赤壁之戰）

3. 挾太山以超北海，語人曰："我不能"，是誠不能也。為長
者折枝（肢），語人曰："我不能"，是不為也，非不能也。
故王之不王（wàng），非挾太山以超北海之類也；王之不
王，是折枝之類也。（孟子·梁惠王上）

4. 此不為遠者小而近者大乎？（列子·湯問）

5. 萬取千焉，千取百焉，不為不多矣。（孟子·梁惠王上）

（四）當主語省略時，仍需保留繫詞，才能使句意明瞭。如：

長沮曰：夫執輿者為誰？子路曰：為孔丘。曰：是魯孔丘
與？曰：是也。（論語·微子）

判斷句也可以加"之"字變為偏正詞組，作為另一句子的主
語。如：

1. 奕之為數，小數也。（孟子·告子上）

2. 此之為德，豈直數十百錢哉！（史記·日者列傳）

如果把補語提前，就成了下面這樣的句式：

1. 滔滔者，天下皆是也。（論語·微子）

2. 取之而燕民悅，則取之。古之人有行之者，武王是也。取
之而燕民不悅，則勿取。古之人有行之者，文王是也。（孟
子·梁惠王下）

這兩個句子譯成白話，可能有不同的譯法。第一句似可譯為"江
河日下的形勢，天下全都是這樣"。第二句似可譯為"古人有這樣
做的，武王就是"，"古人有這樣做的，文王就是"。

再說"有""無"兩詞。"有"的基本作用是表示存在，"無"是"有"的否定。如：

　　1. 有美玉於斯。(**論語・子罕**)

　　2. 有仕(士)於此，而子悅之。(**孟子・公孫丑下**)

　　3. 蓋有之矣，我未之見也。(**論語・里仁**)

　　4. 其家不可教而能教人者無之。(**禮記・大學**)

　　5. 秦氏有好女，自名為羅敷。(**古樂府・陌上桑**)

　　6. 此婦無禮節，舉動自專由。(**古詩源・古詩為焦仲卿妻作**)

在這些句子裏，"有"字的詞性如何是不大容易決定的。如果算作他動詞，那麼跟在"有"字後面的實體詞就是賓語，如果算作自動詞，那麼跟在"有"字後面的實體詞該算作甚麼呢？這是一個頗難確定的問題。

　　跟在"有"字後面的也可能不是實體詞而是象詞、動詞、數詞等。如：

　　1. 文理有疏密。(**沈括，夢溪筆談**)

　　2. 故君子有不戰，戰必勝矣。(**孟子・公孫丑下**)

　　3. 不孝有三，無後為大。(**孟子・離婁上**)

　　4. 有死無二。(**左傳・僖公十五年**)

"有"字也可用以引起陳述對象。如：

　　1. 有朋自遠方來，不亦樂乎？(**論語・學而**)

　　2. 有賤丈夫焉，必求龍(壟)斷而登之。(**孟子・公孫丑下**)

　　3. 有蔣氏者，專其利三世矣。(**柳宗元，捕蛇者說**)

第九章　副詞

9.1　副詞的語法功能和類別

　　大家讀詞法概說一章時也許會得到一個印象，即副詞只能充當狀語，而不能充當其他成分。說副詞只能充當狀語，也許不能算是錯誤，問題倒在於我們怎樣了解狀語。在句法概說一章中，我對狀語所作的解釋是："狀語是附加在動詞、象詞（形容詞）、副詞乃至整個句子上對它們起疏狀、註釋作用的成分。"這個解釋和一般語法書對副詞的解釋比較起來，已經把副詞的範圍擴大了一些。因為一般的語法書只提到副詞對動詞、象詞、副詞的疏狀、註釋作用，並不提副詞對整個句子的疏狀、註釋作用。像

　　　1. 人取可食者而食之，豈天本為人生之？（列子·說符）

　　　2. 得無楚之水土使民善盜耶？（晏子春秋·內篇雜下）

　　　3. 幸而殺彼，甚善。（柳宗元，童區寄傳）

　　　4. 不幸呂師孟構惡於前，賈餘慶獻諂於後，予羈縻不得還，國事遂不可收拾。（文天祥，指南錄後序）

這四個例子，"豈""得無""幸而""不幸"都是附在整個句子上表示語氣的，並不是附在某一個詞上的。這些詞既不宜作為"主、謂、賓、補、定"等成分看待，就只有作為狀語比較合適。

　　還有像：

　　　1. 妨功害能之臣，盡為萬戶侯。（李陵，答蘇武書）

2. 項羽悉引兵渡河，遂破章邯。(**史記・張耳陳餘列傳**)

3. 項王瞋目而叱之，赤泉侯人馬俱驚，辟易數里。(**史記・項羽本紀**)

4. 天下遺文古事，靡不畢集。(**史記・太史公自序**)

5. 諸君子皆與驩言，孟子獨不與驩言，是簡驩也。(**孟子・離婁下**)

6. 若止印二三本，未為簡易。(**沈括，夢溪筆談**)

這些例子，"盡、悉、俱、畢、皆、獨、止"諸詞，表面上像是附在動詞上的，而實際上則並未對動詞作何種疏狀、註釋，只不過表明動詞所影響的事物範圍，所以也和其他副詞不同。

這樣一說，就可以知道，副詞的語法功能並不能限制在上述定義之內，還應該稍微再擴大一點。

副詞內部既然有語法功能的不同，當然就不能籠統地算作一類，必須再劃分為幾小類才合適。到底該劃為幾小類呢？這倒是要仔細研究的。舊語法書對副詞進行分類，多半是根據內容來分的，因而大家的分法也就不免有多有少，難望一致。能不能改用語法功能為標準來對副詞進行分類呢？看來也並不是不可能。至少根據上面所談，把語氣副詞、範圍副詞和其他副詞劃開是沒有問題的。那麼其餘的副詞還能不能再劃分呢？我想是能夠的。例如有些副詞主要是對動詞作疏狀、註釋的，主要是和時間、頻率有關的副詞；有些副詞主要是對象詞作疏狀、註釋的，主要是和程度有關的副詞；還有一些副詞，形式上好像是附在謂語上作疏狀、註釋的，而實際上則是在對主語進行性狀描寫。如

1. 夫子莞爾而笑曰……(**論語・陽貨**)

2. 蔣氏大戚，汪然出涕。(**柳宗元，捕蛇者說**)

3. 吾恂恂而起……則弛然而臥。（**柳宗元，捕蛇者説**）

這幾個句子裏的“莞爾、汪然、恂恂、弛然”顯然是在對主語作性狀描寫，但又不是定語，而是狀語，所以只能算作副詞。

這樣説來，副詞計有：（一） 時間副詞；（二） 程度副詞；（三） 性狀副詞；（四） 範圍副詞；（五） 語氣副詞等五類。是否還有一些副詞不能包括在這五類之內呢，我看，即使有，為數也不多了。

9.2　時間副詞

時間副詞究竟有多少，哪些東西應包括在時間副詞之內，哪些東西不應該包括在內，非經仔細研究是不易確定的。如果把充當狀語的時間詞和象詞也算作副詞，那就會不當地把時間副詞的範圍擴大了。通常的語法書所列舉的時間副詞有：

　　a. 已、既、業、初、始、昔、嘗、曾；

　　b. 方、正、今、鼎；

　　c. 將、且、行、旋、尋、隨、終、竟、卒；

　　d. 漸、寖、徐、卒（猝）、暴、速、急、疾、遽、常、恆。

這裏面，如“今、昔、初、始、終”等都可以當作時間詞乃至名詞使用；“徐、疾、速”等都可以當作象詞使用；“漸、常、恆”等也都可以當作名詞使用。所以真正的時間副詞是不會那麼多的[1]。現在且選擇一些例句在下面，以供參考：

1　當然，其中有少數也可以作為跨類來處理。

1. 老父已去，高祖適從旁舍來。（史記·高祖本紀）

2. 噲既飲酒，拔劍切肉食，盡之。（史記·樊噲列傳）

3. 良業為取履，因長跪履之。（史記·留侯世家）

4. 始吾於人也，聽其言而信其行；今吾於人也，聽其言而觀其行。（論語·公冶長）

5. 孔子嘗為委吏矣，曰：會計當而已矣。（孟子·萬章下）

6. 梁王以此怨盎，曾使人刺盎。（史記·袁盎晁錯傳）

7. 國家方危。（左傳·定公四年）

8. 闔廬病創，將死，謂太子夫差曰：爾忘勾踐之殺爾父乎？（史記·伍子胥列傳）

9. 汝可疾去矣！且見禽。（史記·商君列傳）

10. 卓既殺瓊琰，旋亦悔之。（後漢書·董卓列傳）

11. 復征，再遷漁陽太守，尋轉蜀郡太守。（後漢書·李膺傳）

12. 然韓非知說之難，為說難書甚具，終死於秦，不能自脫。（史記·老子韓非列傳）

13. 遂北至藍田，再戰，秦兵竟敗。（史記·留侯世家）

14. 然卒破楚者，此三人力也。（史記·留侯世家）

15. 第中鼠暴多，與人相觸，以尾畫地。（漢書·霍光傳）

16. 我聞忠善以損怨，不聞作威以防怨。豈不遽止，然猶防川。（左傳·襄公三十一年）

17. 卿但暫還家，吾今且報府。（古詩源·古詩為焦仲卿妻作）

18. 計未定，求人可使報秦者，未得。（史記·廉頗藺相如列傳）

19. 問其與飲食者，盡富貴也，而未嘗有顯者來。（孟子·離婁下）

20. （姜氏）亟請於武公，公弗許。（左傳·隱公元年）

時間副詞雖然主要是對動詞作疏狀、註釋的，但有時也可以對象詞作疏狀、註釋。如：

1. 孟子曰：牛山之木嘗美矣。（孟子・告子上）
2. 孔子曰：君子有三戒：少之時，血氣未定，戒之在色；及其壯也，血氣方剛，戒之在鬥；及其老也，血氣既衰，戒之在得。（論語・季氏）

9.3　程度副詞

一般語法書列為程度副詞的有：

最、極、至、絕、殊、太、甚、尤、彌、愈、益、稍、頗等。其中如"彌、愈、益"等字並非單純表示程度，而是表示程度的變化。現在略舉例句於下：

1. 七十子之徒，賜最為饒益。（史記・貨殖列傳）
2. 李廣軍極簡易。（史記・李將軍列傳）
3. 卓王孫怒曰：女至不材，我不忍殺，不分一錢也。（史記・司馬相如列傳）
4. 單于書絕悖逆。（史記・匈奴列傳）
5. 居蠻夷中久，殊失禮義。（史記・酈生陸賈列傳）
6. 臣愚以為陛下法太明，賞太輕，罰太重。（史記・張釋之馮唐列傳）
7. 臣之罪甚多矣。（左傳・僖公二十四年）
8. 余并論次，擇其言尤雅者，故著為本紀，書首。（史記・五帝本紀）
9. 退而修詩書禮樂，弟子彌眾。（史記・孔子世家）
10. 遵既免，歸長安，賓客愈盛。（漢書・陳遵傳）

11. 如水益深，如火益熱。（**孟子・梁惠王下**）

12. 項羽乃疑范增與漢有私，稍奪之權。（**史記・項羽本紀**）

13. 魯周霸、孔安國、洛陽賈嘉頗能言尚書事。（**史記・儒林列傳**）

從上面這些例句看來，程度副詞雖主要附加在象詞上，但也有少數附加在動詞上，如例 5、12、13 等就是這樣。

9.4　性狀副詞

性狀副詞的例子如：

1. 天油然作雲，沛然下雨，則苗浡然興之矣。（**孟子・梁惠王上**）

2. 王勃然變乎色。（**孟子・萬章下**）

3. 曾西艴然不悅。（**孟子・公孫丑上**）

4. 德璉常斐然有述作意。（**曹丕，與吳質書**）

5. 蔣氏大戚，汪然出涕。（**柳宗元，捕蛇者説**）

6. 夫子莞爾而笑曰：割雞焉用牛刀？（**論語・陽貨**）

7. 子路率爾而對。（**論語・先進**）

8. 潸焉出涕。（**詩・大東**）

9. 我心憂傷，惄焉如擣。（**詩・小弁**）

10. 今有人於此，驩若愛其子。（**墨子・天志中**）

11. 愀然改容，超若自失。（**史記・司馬相如列傳**）

12. 周監於二代，郁郁乎文哉。（**論語・八佾**）

13. 良人未之知也，施施從外來，驕其妻妾。（**孟子・離婁下**）

14. 吾恂恂而起，視其缶，而吾蛇尚存，則弛然而臥。（**柳宗元，捕蛇者説**）

15. 蓋一歲之犯死者二焉，其餘則熙熙而樂。（**柳宗元，捕蛇者説**）

就內容來看，這些副詞很像象詞，但因為不大充當謂語或定語，所以只好算作副詞。

9.5 範圍副詞

一般語法書列為範圍副詞的有：

皆、盡、悉、舉、遍、並、俱、咸、畢、共、各、每、僅、徒、獨、才、但、止、直、唯、特

等。茲舉例如下：

1. 故言富者皆稱陶朱公。（史記・貨殖列傳）

2. 妨功害能之臣，盡為萬戶侯。（李陵，答蘇武書）

3. 項羽悉引兵渡河，遂破章邯。（史記・張耳陳餘列傳）

4. 舉欣欣然有喜色。（孟子・梁惠王下）

5. 彼自丞尉以上，徧（遍）置私人。（漢書・賈誼傳）

6. 諸侯並起。（漢書・高帝紀）

7. 項王瞋目而叱之，赤泉侯人馬俱驚，辟易數里。（史記・項羽本紀）

8. 外內咸服。（左傳・襄公四年）

9. 天下遺文古事，靡不畢集。（史記・太史公自序）

10. 父老乃帥子弟共殺沛令。（漢書・高帝紀）

11. 子曰：盍各言爾志！（論語・公冶長）

12. 每漢使入匈奴，匈奴輒報償。（史記・匈奴列傳）

13. 齊王遁而走莒，僅以身免。（史記・樂毅列傳）

14. 徒善不足以為政，徒法不能自行。（孟子・離婁上）

15. 諸君子皆與驩言，孟子獨不與驩言。（孟子・離婁下）

16. 但聞悲風蕭條之聲。(李陵，答蘇武書)

17. 若止印二三本，未為簡易。(沈括，夢溪筆談)

18. 直不百步耳，是亦走也。(孟子・梁惠王上)

19. 方今唯秦雄天下。(史記・魯仲連鄒陽列傳)

20. 此特羣盜鼠竊狗盜耳。(史記・劉敬叔孫通列傳)

9.6　語氣副詞

凡是與語氣有關的副詞都包含在這一類裏。其中有表示否定語氣的，有表示確定語氣的，有表示推測估量語氣的，有表示欣幸語氣的，有表示希望祈請語氣的，有表示謙遜語氣的……內容頗為複雜。例如：

1. 人不知而不愠，不亦君子乎？……(論語・學而)

2. 陛下雖得廉頗、李牧，弗能用也。(史記・張釋之馮唐列傳)

3. 人固不易知，知人亦未易也。(史記・范睢蔡澤列傳)

4. 夙夜匪懈。(詩・烝民)

5. 君子食無求飽，居無求安。(論語・學而)

6. 己所不欲，勿施於人！(論語・衛靈公)

7. 故君子有不戰，戰必勝矣。(孟子・公孫丑下)

8. 宋衛實難，鄭何能為？(左傳・隱公六年)

9. 子晳信美矣。(左傳・昭公元年)

10. 是誠何心哉？(孟子・梁惠王上)

11. 古人秉燭夜游，良有以也。(李白，春夜宴桃李園序)

12. 今日之事，臣固伏誅。(史記・刺客列傳)

13. 河東，吾股肱郡，故特召君耳。(史記・季布樂布列傳)

14. 大宛在匈奴西南,在漢正西,去漢可萬里。(史記‧大宛列傳)

15. 豎儒,幾敗乃公事。(史記‧留侯世家)

16. 吾似有一日之長。(世說新語‧品藻)

17. 幸而不亡,猶可說也。(左傳‧昭公十八年)

18. 臣從其計,大王亦幸赦臣。(史記‧廉頗藺相如列傳)

19. 璧有瑕,請指示王。(史記‧廉頗藺相如列傳)

20. 楚王曰:唯唯,誠若先生之言,謹奉社稷而以從。(史記‧平原君虞卿列傳)

21. 寡人竊聞趙王好(hào)音,請奏瑟。(史記‧廉頗藺相如列傳)

22. 猥以微賤,當侍東宮,非臣隕首所能上報。(李密‧陳情表)

23. 民欲與之偕亡,雖有臺池鳥獸,豈能獨樂哉?(孟子‧梁惠王上)

9.7　副詞的連接作用

　　從前幾節所講的情況看來,副詞的語法功能確實是並不單純的。不過,總的說來,這些語法功能並沒有侵犯到他類實詞的語法功能裏去。從這一點來說,副詞在各類實詞中要算是比較特殊的。因為實詞的其他各類在語法功能上常有一些互相侵犯的情況。

　　副詞的語法功能雖不侵犯到他類實詞的語法功能裏去,卻有時侵犯到虛詞的語法功能裏去。那就是所謂副詞的連接作用。副詞起連接作用有兩種情況:一種是兩個副詞配合着在句子裏起連接作用;一種是一個副詞和一個連詞配合着在句子裏起連接作用。前者的例子如:

1. 既不能令，又不受命。（**孟子・離婁上**）

2. 人有畏影惡跡而去之走者，舉足愈數而跡愈多。（**莊子・漁夫**）

後者的例子如：

1. 子見齊衰（cuī）者，雖狎必變。（**論語・鄉黨**）

2. 果能此道矣，雖愚必明，雖柔必強。（**中庸**）

3. 管仲且猶不可召，而況不為管仲者乎！（**孟子・公孫丑下**）

4. 既明且哲，以保其身。（**詩・烝民 —— 注意："且"字在上例中為副詞，在本例中為連詞。**）

第十章　數量詞

10.1　基數和序數

在詞法概說一章中，我們看到數量詞又分為數詞和量詞兩小類。其實，數詞和量詞都還可以再細分：數詞可以再分為基數和序數兩類；序數是在基數的基礎上建立的。另外，還有小數、分數、倍數，又是在整數的基礎上建立的。而我們想表示不確定的數目時，又必須使用概數，所以概數也應該包含在數詞之內，算作數詞的一種。

量詞要算是漢語的特點之一。我們漢人不僅表示事物的多少不大單獨使用數詞，需要在數詞之後加上量詞，而且在表示動作的次數時也須要在數詞後加上量詞。於是量詞也就有了"名量詞"和"動量詞"的區別。不過，在文言裏，動量詞是不多的。

現在先從基數和序數談起。

漢語的基本數詞是徹底採用十進制的。它的基本數詞是一、二、三、四、五、六、七、八、九、十，然後就按十進制依次上升到百、千、萬、十萬、百萬、千萬、億、十億、百億、千億、兆……

在文言文裏，用這些數字配合起來表示數目基本上是和白話相同的，不過也有若干小差異：

（一）在文言中，個位之前可以加"有"（又）字。如：

1. 中宗之享國七十有五年。(書・無逸)

2. 子曰：吾十有五而志於學，三十而立，四十而不惑，五十而知天命，六十而耳順，七十而從心所欲，不踰矩。(論語・為政)

（二）在文言中，當某位數為零的時候，可以不加"零"字。如：

1. 冬至後一百五日為寒食。(宗懍，荊楚歲時記)

2. 桂陽郡十一城，戶十三萬五千二十九，口五十萬一千四百三。(後漢書・郡國志)

漢語表示序數的方法是在基數前加"第"字。這個方法乃是白話和文言都使用的一般方法。但也有若干特殊表現法。如：

1. 蕭何第一，曹參(cān)次之。(史記・蕭相國世家)

2. 太上有立德，其次有立功，其次有立言。(左傳・襄公二十四年)

3. 王當歃血定從，次者吾君，次者遂。(史記・平原君虞卿列傳)

在記年月日的時候，文言也和白話一樣，不用"第"字。如：

1. 七月流火，九月授衣。(詩・七月)

2. 甲辰十年，陳侯、鄭伯會楚子於息。(左傳・文公十年)

3. 九月一日，愈再拜。(韓愈，上張僕射書)

10.2　分數、倍數

文言文表示分數的方法比起白話文來要複雜得多，總計起來共有以下六種格式：

（一）和白話文中的格式相同，如：

1. 故關中之地，於天下三分之一。(史記・貨殖列傳)

2. 若復數年，則損三分之二也，當何以圖敵。（諸葛亮，後出師表）

(二)"母數＋分＋名詞＋之＋子數"，如：

1. 法一月之日，二十九日八十一分日之四十三。（漢書‧律曆志）

2. 冬至，日在斗二十度四分度之一。（漢書‧律曆志）

3. 方今天王之兵眾不能十分吳楚之一。（史記‧淮南衡山列傳）

(三)"母數＋名詞＋之＋子數"，如：

先王之制，大都不過三國之一。（左傳‧隱公元年）

(四)"母數＋之＋子數"，如：

1. 大都不過三國之一；中，五之一；小，九之一。（左傳‧隱公元年）

2. 彬之為州，在嶺之上，測其高下，得三之二焉。（韓愈，送廖道士序）

(五)"母數＋分＋子數"，如：

子一分，丑三分二，寅九分八，卯二十七分十六。（史記‧天官書）

(六) 當母數為整數時，亦可用"母數＋子數"形式，如：

1. 會天寒，士卒墮指者十二三。（史記‧高祖本紀）

2. 願歸農者十九。（韓愈，平淮西碑）

3. 其實皆什一也。（孟子‧滕文公上）

文言文表示倍數也用"倍"字，和白話文相同。如：

巽為近，利市三倍。（易‧說卦）

不過有時也有一些特殊的表現方法，如：

或相倍蓰，或相什百，或相千萬。（孟子‧滕文公上 —— 或相差一倍五倍，或相差十倍百倍，或相差千倍萬倍。）

10.3　概數、不定數及問數法

文言文表示概數、不定數有以下各種方法：

（一）用"許"、"所"、"餘"、"幾"、"若干"、"若而"等字。
如：

1. 轉入巴蜀，往來二十許年。(後漢書・申屠剛列傳)

2. 父去里所，復還。(史記・留侯世家)

3. 是時，誼年二十餘，最為少。(漢書・賈誼傳)

4. 韓子亦無幾求。(左傳・昭公十六年 —— 沒有多少要求。)

5. 令齊、趙、楚各為若干國。(漢書・賈誼傳)

6. 夫婦所生若而人，妾婦之子若而人。(左傳・襄公十二年)

（二）連用兩個相近的數字。如：

1. 冠者五六人，童子六七人，浴乎沂，風乎舞雩，詠而歸。
(論語・先進)

2. 漢兵出塞六七百里，夜圍右賢王。(史記・匈奴列傳)

（三）用"將"、"幾"(jī)、"近"、"約"、"可"等詞加在數詞
前。如：

1. 今滕，絕長補短，將五十里也。(孟子・滕文公上)

2. 蒙霧露，沐霜雪，行幾十年。(漢書・韓安國傳)

3. 適見其鑄此，而已近五百歲矣。(後漢書・方術列傳)

4. 大宛在匈奴西南，在漢正西，去漢可萬里。(史記・大宛列傳)

（四）有些例子，表面上是定數，實際上並非定數。如：

1. 檀公三十六策，走是上計。(南齊書・王敬則傳)

2. 百計營謀不能脫。(聊齋・促織)

3. 公輸盤九設攻城之機變，子墨子九距之。(墨子・公輸)

在文言中，問數一般用"幾"、"幾何"、"幾許"。如：

1. 先生處勝之門下，幾年於此矣？（史記・平原君虞卿列傳）

2. 衛靈公問孔子居魯得祿幾何？（史記・孔子世家）

3. 當時萬事皆眼見，不知幾許猶流傳？（韓愈，桃花源）

4. 試問閒愁都幾許，一川烟草，滿城風絮，梅子黃時雨。（賀鑄，青玉案）

10.4　名量詞

量詞一般分為名量詞和動量詞兩類。名量詞是計算事物用的，所以又叫做"物量詞"；動量詞是計算動作用的。

現在先説名量詞。在現代白話文中，計算事物的數目多半要數詞與量詞同用，但在古代文言文中，計算事物卻可以單用數詞，不帶量詞。不過這也不是説量詞是後代才出現的。古代名量詞的例子如：

1. 羔羊之皮，素絲五紽。（詩・羔羊）

2. 子華使於齊，冉子為其母請粟。子曰：與之釜。請益，曰；與之庾。冉子與之粟五秉。（論語・雍也 —— 釜，六斗四升；庾，十六斗；秉，十六斛。）

3. 皆賜玉五瑴、馬三匹。（左傳・莊公十八年 —— "瑴"即"珏"字。説文云：二玉相合為一珏。）

4. 子產以帷幕九張行。（左傳・昭公十三年）

5. 負矢五十箇。（荀子・議兵篇）

6. 遂率子孫荷擔者三夫。（列子・湯問）

7. 乃益齎黃金千鎰，白璧十雙，車馬百駟。（史記・貨殖列傳）

8. 二枚（貝）為一朋。(漢書‧食貨志)

9. 馬、牛、羊、驢、橐駝七十餘萬頭……(漢書‧西域烏孫傳)

就這些例子來考察數量詞一般都放在名詞後面。放在名詞前面的例子，上古不多見，到漢以後才漸漸多起來。如：

1. 如有一介臣，斷斷猗無他使。(書‧秦誓)

2. 一簞食（sì），一瓢飲，在陋巷，人不堪其憂，回也不改其樂。(論語‧雍也)

3. 一尺布，尚可縫；一斗粟，尚可舂；兄弟二人不相容。(漢書‧淮南厲王傳)

4. 吾不能為五斗米折腰。(晉書‧陶潛傳)

5. 灼灼百朵紅，戔戔五束素。(白居易，買花)

6. 半匹紅綃一丈綾，繫向牛頭充炭值。(白居易，賣炭翁)

不過，數量詞用在名詞後面的例子仍舊不少。如：

1. 復以弟子一人投河中。(史記‧滑稽列傳)

2. 軍書十二卷，卷卷有爺名。(樂府詩集‧木蘭辭)

3. 雜綵三萬匹，交廣市鮭珍。(古詩源‧古詩為焦仲卿妻作)

4. 換田契，強秤了麻三秤，還酒債，例量了豆幾斛。(睢景臣，漢高祖還鄉)

在文言文中，也可以單用數詞作定語，不用量詞。如：

1. 子墨子曰：請獻十金。(墨子‧公輸)

2. 凡投三弟子。(史記‧滑稽列傳)

3. 西門豹即發民鑿十二渠。(史記‧滑稽列傳)

4. 一癩頭猝然躍去。(聊齋‧促織)

5. 時村中來一駝背巫，能以神卜。(聊齋‧促織)

有時也可以在數量詞和名詞之間加"之"字。如：

1. 大王遣一介之使至趙。（史記・廉頗藺相如列傳）

2. 且遂聞，湯以七十里之地王天下，文王以百里之壤而臣諸
   侯。（史記・平原君虞卿列傳）

3. 毛先生以三寸之舌，彊於百萬之師。（史記・平原君虞卿列傳）

如果數量詞所限定修飾的名詞已在上文出現，就可以用數量
詞代替該名詞：

宮中尚促織之戲……此物故非西產，有華陰令欲媚上官，以
一頭進……即捕得三兩頭，又劣弱不中於款。（聊齋・促織）

對於年齡和錢幣，古文可以只用數詞，不用量詞和名詞。
如：

1. 十五府小吏，二十朝大夫，三十侍中郎，四十專城居。（古
   樂府・陌上桑）

2. 腰中鹿盧劍，可值千萬餘。（古樂府・陌上桑）

3. 一鬟五百萬，兩鬟千萬餘。（辛延年，羽林郎）

10.5 動量詞

古人表示動量，不大用動量詞，通常用數詞直接加在動詞
上。如：

1. 季文子三思而後行，子聞之曰：再，斯可矣。（論語・公冶長）

2. 一鼓作氣，再而衰，三而竭。（左傳・莊公十年）

3. 公輸盤九設攻城之機變，子墨子九距之。（墨子・公輸）

4. 寒暑易節，始一反焉。（列子・湯問）

5. 澤雉十步一啄，百步一飲。（莊子・養生主）

6. 於是秦王不懌，為一擊缻。（史記・廉頗藺相如列傳）

7. 一戰而舉鄢郢，再戰而燒夷陵，三戰而辱王之先人。（史
記‧平原君虞卿列傳）

8. 一沐三握髮，一飯三吐哺。（史記‧魯周公世家）

不過，在古代文言文中，動量詞也並非絕對不用，只是用得較少，時代較晚而已。如：

1. 雞鳴外欲曙，新婦起嚴妝。著我繡裌裙，事事四五通。（古
詩源‧古詩為焦仲卿妻作）

2. 悲笳數聲動，壯士慘不驕。（杜甫，後出塞）

10.6　數量詞的語法功能

數量詞的主要語法功能是充當定語。例子見 6.1 和 10.4，此處不再重複。

數量詞既能充當定語，照理也應該能充當謂語。例如：

1. 臨淄三百閭。（晏子春秋‧內篇雜下）

2. 食客數千人。（史記‧孟嘗君列傳）

3. 章小女，年可十二。（漢書‧王章傳）

4. 四人從太子，年皆八十餘……（史記‧留侯世家）

5. 世俗所謂不孝者五。（孟子‧離婁下）

6. 舉所佩玉玦以示之者三。（史記‧項羽本紀）

7. 蓋一歲之犯死者二焉。（柳宗元，捕蛇者說）

8. 今吾嗣為之十二年，幾死者數矣。（柳宗元，捕蛇者說）

數詞有時可以代替名詞在句中充當主語、賓語或補語。如：

1. 命夸蛾氏二子負二山，一厝朔東，一厝雍南。（列子‧湯問）

2. 曩與吾祖居者，今其室十無一焉；與吾父居者，今其室十無二三焉；與吾居十二年者，今其室十無四五焉。（柳宗元，捕蛇者説）

3. 拔劍擊斬蛇，蛇遂分為兩。（史記・高祖本紀）

4. 魯施氏有二子，其一好學，其一好兵。（列子・説符）

5. 其始，太醫以王命聚之，歲賦其二。（柳宗元，捕蛇者説）

數量詞或數詞充當狀語的例子見前節。

數詞也可以活用為動詞。如：

1. 士也罔極，二三其德。（詩・衛風 —— 男子漢做事沒有準兒，忽然這樣，忽然那樣。）

2. 孰能一之！對曰：不嗜殺人者能一之。（孟子・梁惠王上 —— 誰能統一它？回答説：不好殺人的人能統一它。）

3. 六王畢，四海一。（杜牧，阿房宮賦）

第十一章　代詞

11.1　代詞總述

代詞的作用在於避免相同語詞的重複出現，求得語言的經濟。

代詞只有稱代作用、指示作用和提問作用，並沒有含義。雖無含義，然而從作用來看卻要説是比任何有含義的實詞都更為重要。我們不難想像，任何語言，如果缺少了這些詞，該是多麼不便，正因為它們沒有含義而又有特別重要的作用，所以才被劃分為一個詞類，不與其他詞類相混。

語法書通常按用途把代詞再分為人稱代詞、指示代詞、疑問代詞三小類。嚴格地講，還有若干代詞不大容易歸到這三小類裏，只好另行處理。

在文言文中，常用的人稱代詞有“吾、我、予、余”，“爾、汝、若、乃”，“彼、夫”等；常用的指示代詞有“此、茲、斯、之、是”，“彼、夫、厥、其”等；常用的疑問代詞有“誰、孰”，“何、奚、惡、焉”等。這些常用代詞可以列成下表：

	人稱代詞	指示代詞	疑問代詞
人或物	吾、我、予、余（自稱） 爾、乃、汝、若（對稱） 彼、夫（他稱）	此、茲、斯、之、是（近指） 彼、夫、厥、其（遠指） 他（旁指） 某、或（不定指）	誰、孰 何、曷、 胡、奚
處所			安、焉、 烏、惡

　　另有"每、各、己、自、者、所"等詞，按語法功能來看，似乎也應該是代詞，但未便硬歸在上述三小類裏面，就只好另行處理了。

11.2　人稱代詞

　　人稱代詞一般分為自稱、對稱、他稱三種人稱。

　　自稱是説話者説到自己時所用的代詞，在文言文中常用的有"吾、我、予、余"諸字。"吾、我"兩字，古音同聲異韻，當係同源；"予、余"兩字古音今音都相近，可能只是寫法上的差異。這幾個詞並沒有格位上的不同，西洋漢學家認為"吾、我"兩字一為主格，一為賓格，並不可信。不過就後世的文言文來看，"吾、我"多用於對話，"予、余"多用於自敍，但也不能把這種區別絕對化。現就這四字舉例於下：

吾：吾與汝畢力平險。（列子・湯問 —— 作主語。）

　　不吾知也。（論語・先進 —— 作賓語。）

　　昔者吾友嘗從事於斯矣。（論語・泰伯 —— 作定語。）

我：我非生而知之者。(論語•述而 —— 作主語。)

自君別我後，人事不可量。(古詩源•古詩為焦仲卿妻作 —— 作賓語。)

開我東閣門，坐我西閣牀，脫我戰時袍，着我舊時裳。(樂府詩集•木蘭辭 —— 作定語。)

予：予既烹而食之。(孟子•萬章 —— 作主語。)

汝遂相予，以賞罰用命不用命！(韓愈，平淮西碑 —— 作賓語。)

使來者讀之悲予志焉。(文天祥，指南錄後序 —— 作定語。)

余：余，而（爾）所嫁婦人之父也。(左傳•成公二年 —— 作主語。)

女（汝）為惠公來求殺余。(左傳•僖公二十四年 —— 作賓語。)

余弟死，而子來。(左傳•襄十四年 —— 作定語。)

此外，古書中還有幾個用得較少的自稱代詞："卬、台、朕"[1]。但"卬、台"兩字早就被淘汰了，"朕"字在秦始皇以後也變為帝王所專用的自稱代詞。例如：

卬：人涉卬否，卬須我友。(詩•匏有苦葉 —— 別人涉水而我不涉水，我要等待我的朋友。)

台：非台小子敢行稱亂。(書•湯誓 —— 不是我小子敢於作亂。)

朕：朕皇考曰伯庸。(屈原，離騷 —— 我先父名叫伯庸。)

對稱是說話者用以稱呼對話者的代詞，在文言文中，常用的對稱代詞有"爾（而）、乃、女（汝）、若"等。這幾個字之間也有

1　據周秦古音來看，"吾，我，卬"三字為一聲之轉，"吾"在魚部，"我"在歌部，"卬"在陽部，當屬同源詞的方音差別。"予，余"只是同一詞的不同寫法，"台"字與"予，余"音近，或亦同源。只有"朕"字屬於另一來源。

聲轉關係，可能都出於同源[2] 現在也舉一些例子在下面：

爾：爾愛其羊，我愛其禮。（論語·八佾 —— 作主語。）

　　如或知爾，則何以哉？（論語·先進 —— 作賓語。）

　　喪爾子，喪爾明，爾罪三也。（禮記·檀弓 —— 作定語。）

而：且而與其從辟人之士也，豈若從辟世之士哉！（論語·微子 —— 作主語。）

　　呂后真而主矣！（史記·留侯世家 —— 作定語。）

乃：王曰：舅氏，余嘉乃勳。（左傳·僖公十二年 —— 作定語。）

女：女為君子儒，毋為小人儒。（論語·雍也 —— 作主語。）

　　居，吾語女。（論語·陽貨 —— 作賓語。）

　　人奪女妻而不怒。（左傳·文公十八年 —— 作定語。）

汝：明年，丞相薨，吾去汴州，汝不果來。（韓愈，祭十二郎文 —— 作主語。）

　　人將保汝。（莊子·列御寇 —— 作賓語。）

　　汝心之固，固不可徹，曾不若孀妻弱子！（列子·湯問 —— 作定語。）

若：若毒之乎？（柳宗元，捕蛇者說 —— 作主語。）

　　成王與叔虞戲，削桐葉為珪，以與叔虞，曰：以此封若。（史記·晉世家 —— 作賓語。）

　　吾翁即若翁。（史記·項羽本記 —— 作定語。）

2　"爾、而、汝、若"均屬日母，"女"屬娘母，"乃"屬泥母。據娘日歸泥說，是同屬一聲。"而、乃"同屬"之"部，"爾"屬脂部，"汝（女），若"同屬魚部，或許也是同源詞的方音差別。

白話文中的"你"字就是文言文中的"爾"字，"爾"字古文作"尔"，變作"尔"，加人旁就成了"你"。

　　他稱指說話者用以稱呼所談到的人。漢語在上古時期本沒有他稱代詞，遇到需用他稱代詞的地方，往往重複名詞，或者乾脆把名詞省去。後來借用指示代詞"彼、夫"，"彼、夫"也就有了人稱代詞的作用。如：

　　彼：彼陷溺其民。（孟子・梁惠王上 —— 作主語。）

　　　　幸而殺彼，甚善。（柳宗元，童區寄傳 —— 作賓語。）

　　　　豈得暴彼民哉？（孟子・萬章上 —— 作定語。）

　　夫：子木曰：夫獨無族姻乎？（左傳・襄公二十六年 —— 作主語。）

　　　　使夫往而學焉，夫亦愈知治矣。（左傳・襄公三十年 —— 前一"夫"字作賓語，後一"夫"字作主語。）

　　　　夫袪猶在，汝其行乎！（左傳・僖公二十四年 —— 作定語。）

"他"字古代文言文中意為"另外"，如"他人""他日"，後來才轉化為人稱代詞；"渠"字"伊"字就更是後起的。如：

　　他：還他馬，赦汝死罪。（後漢書・方術列傳）

　　渠：雖與府吏要，渠會永無緣。（古詩源・古詩為焦仲卿妻作）

　　伊：為伊煩惱。（黃庭堅，沁園春）

11.3　人稱代詞的謙稱和尊稱

　　在文言文中，對自己常用謙稱，對別人常用尊稱，這是我們學習文言文必須知道的。其方法有下列各種：

　　（一）對自己常用"臣、僕、走"等字樣，對別人常用"子、君、公、夫子、先生"³等字樣。如：

> 1. 臣市井鼓刀屠者，而公子親數（shuò）存之。(史記‧魏公子
>   列傳)
>
> 2. 夫僕與李陵，俱居門下。(漢書‧司馬遷傳)
>
> 3. 走雖不敏，庶斯達矣。(張衡，東京賦)
>
> 4. 子墨子曰：吾知子之所以距我，吾不言。(墨子‧公輸)
>
> 5. 其妻獻疑曰：以君之力，曾不能損魁父之丘，如太形、王
>   屋何？(列子‧湯問)
>
> 6. 公相與歃其血於堂下。(史記‧平原君虞卿列傳)
>
> 7. 夫子固拙於用大矣。(莊子‧逍遙遊)
>
> 8. 今先生處勝之門下三年於此矣……(史記‧平原君虞卿列傳)

女子則常自稱為"妾、婢子"。如：

> 9. 君當作盤石，妾當作蒲葦。(古詩源‧古詩為焦仲卿妻作)
>
> 10. 若晉君朝以入，則婢子夕以死。(左傳‧僖公十五年)

即使是國君、諸侯，也常自謙為"寡人、孤"。如：

> 11. 寡人反取病焉。(晏子春秋‧內篇雜下)
>
> 12. 孤之有孔明，猶魚之有水也。(三國志‧諸葛亮傳)

> (二) 或稱己以名，稱人以字⁴。例如：
>
> 1. 晏子避席對曰：嬰聞之……(晏子春秋‧內篇雜下)
>
> 2. 平原君曰：勝已泄之矣。(國策‧趙策)
>
> 3. 已矣，令子卿知吾心耳。(漢書‧李陵蘇武傳)
>
> 4. 微之，微之，不見足下面，已一年矣。(白居易，與元微之書)

3　"君、公、夫子、先生"亦可用為他稱的尊稱。
4　對第三者不稱名而稱字，也含有禮貌的意思。

要注意的是用"爾，汝"等詞稱呼對方，固然表示沒有敬意，但同時也表示無疏隔拘束。這正和白話中的"您"字表示客氣同時也表示疏遠相似。表示無敬意的例子如：

　　1. 游雅當眾辱奇，或爾汝之。（**魏書・陳奇傳**）

　　2. 見公卿，不為禮，無貴賤，皆汝之。（**隋書・楊伯亞傳**）

表示無疏隔的例子如：

　　1. 禰衡與孔融為爾汝交（**魏書・文士傳**）

　　2. 忘情到爾汝。（**杜甫，醉時歌**）

11.4　人稱代詞的複數表示法

　　漢語本來沒有表示"數"的形態。在白話中有一個"們"字固然是表示複數的詞尾，卻不能拿來和西洋表示"數"的形態相比，認為漢語也有"數"的形態。這一點我在《語法新編》中已有所說明。現在就文言文來看，就格外明顯。文言文中雖然也有表示複數的"儕、輩，等，屬，曹"等字，但就實際的用法來看，也不能認為形態。因為在文言文中，人稱代詞的單複數通常是用同一形式來表示的，只有在感到需要的時候才加"儕、輩，等，屬，曹"等字。

　　單複同形的例子如：

我：一兒曰：我以日始出時去人近而日中時遠也。（**列子二則**——"我"字表單數。）

　　魯衛諫曰：齊疾我矣。其死亡者，皆親昵也。子若不許，仇我必甚。（**左傳・成公二年**——"我"字表複數。）

爾：爾愛其羊，我愛其禮。（**論語・八佾**——"爾"指子貢，表單數。）

　　顏淵季路侍。子曰：盍各言爾志！（論語・公冶長——
　　"爾"字表複數。）

汝：孔子不能決。兩小兒笑曰：孰為（謂）汝多知乎？（列子二則
　　——"汝"指孔子，表單數。）

　　聚室而謀曰：吾與汝畢力平險，指通豫南，達於漢陰，可
　　乎？（列子・湯問——"汝"指闔室之人，表複數。）

若：余悲之，且曰：若毒之乎？（柳宗元，捕蛇者說——
　　"若"指捕蛇者蔣某，表單數。）

　　若皆罷去。（史記・滑稽列傳——"若"指廷掾、豪長者、里父老等，
　　表複數。）

彼：彼不我恩也；郎誠見完與恩，無所不可。（柳宗元，童區寄傳
　　——"彼"指已被殺之賊，表單數。）

　　四人從太子，年皆八十有餘、鬚眉皓白，衣冠甚偉，上怪
　　之，問曰：彼何為者？（史記・留侯世家——"彼"指四皓，表
　　複數。）

加"儕、輩、等、屬、曹"等字表示複數的例子如：

1. 吾儕小人皆有闔廬以辟（避）燥濕寒暑。（左傳・襄公十七年）

2. 聖人忘情，最下不及情。情之所鍾，正在我輩。（世說・傷逝）

3. 公等碌碌，所謂因人成事者也。（史記・平原君虞卿列傳）

4. 雍齒尚為侯，我屬無患矣。（史記・留侯世家）

5. 上以若曹無益於縣官，今欲盡殺若曹。（漢書・東方朔傳）

如果要明白表示人數，也可以在人稱代詞之後加數量詞。如：

1. 強秦之所以不敢加兵於趙者，徒以吾兩人在也。（史記・廉
　　頗藺相如列傳）

2. 吾輩數人，定則定矣。（陸法言，《切韻》敍）

當注意的是，表示複數的"屬、等、輩"等字有時也可以用於指示代詞，如：

1. 陛下起布衣，以此屬取天下……此屬畏陛下不能盡封……（史記·留侯世家）

2. 此等怏怏，素不服官，迫此事機，那可專信？（南史·恩幸傳）

3. 余方且睥睨顧盼，謂彼等方且不足辱吾之一瞬也。（戴名世，盲者説）

11.5　指示代詞

指示代詞分近指、遠指、旁指、不定指幾種。指示代詞可以指人，也可以指事物或地方。

近指指示代詞有"此、茲、斯、之、是、時"[5]等。如：

此：陳衰，此其昌乎！（左傳·莊公二十二年 —— 此，謂陳敬仲，指人。）

孟子見齊宣王，王立於沼上，顧鴻雁麋鹿，曰：賢者亦樂此乎？（孟子·梁惠王上 —— 指物。）

且太子所與俱諸將，皆嘗與上定天下梟將也。今使太子將之，此無異使羊將狼也。（史記·留侯世家 —— 指事。）

時北兵已迫修門外，戰、守、遷皆不及施……國事至此，予不得愛身。（文天祥，指南錄後序 —— 指情況。）

茲：文王既沒，文不在茲乎？（論語·子罕 —— "茲"，孔子自指。）

金陵為帝王之州，自六朝迄於南唐……逮我皇帝定鼎於茲

5　"此、茲、斯、之、是、時"等字，聲母均屬齒頭或正齒，韻母相近，可能出於同源。

……（宋濂，閱江樓記——指地方。）

斯：有美玉於斯。（論語·子罕——指地方。）

而五人亦得以加其土封……斯固百世之遇也。（張溥，五人墓碑記——指事。）

之[6]：伯夷叔齊餓死於首陽之下，民到於今稱之。（論語·季氏——指人，作賓語。）

子曰：學而時習之，不亦悅乎？（論語·學而——指事，作賓語。）

子文以為之功，使為令尹。（左傳·僖公二十二年——指人，作定語。）

千室之邑，百乘之家，可使為之宰也。（論語·公冶長——指地，作定語。）

有臣柳莊也者，非寡人之臣，社稷之臣也。聞之死，請往。（禮記·檀弓——指人，作主謂結構的主語。）

有牽牛而過堂下者，王見之……曰：舍之。（孟子·梁惠王上——指物，作賓語。）

猶欲其入而閉之門也。（孟子·萬章下——指人，作關涉賓語，意思是對他把門關閉起來。前人解為定語，誤。）

是：左史倚相過，王曰：是，良史也，子善遇之！是能讀三墳、五典、八索、九丘。（左傳·昭公十二年——指人。）

巫行視人家女好者，云：是當為河伯婦。（史記·滑稽列傳——指人。）

6　像"填然鼓之"（孟子），"則苗浡然興之矣"（孟子）以及"頃之""久之"中的"之"字，雖所指漠然不定，看來也還是當作指示代詞妥當些。

豈若吾鄉鄰之旦旦有是哉！（柳宗元，捕蛇者説 —— 指情況。）

時：滿招損，謙受益，時乃天道。（書・大禹謨 —— 指事。）

遠指指示代詞常用的有 “彼、夫” “厥、其”[7]等字。“彼”字常與“此”字相對為用，單用的較少。如：

彼：彼一時，此一時也。（孟子・公孫丑下）

春秋無義戰，彼善於此，則有之矣。（孟子・盡心下）

以德若彼，用力如此，蓋一統若斯之難也。（史記・秦楚之際月表序）

息壤在彼。（國策・秦策）

管仲得君，如彼其專也；行乎國政，如彼其久也；功烈，如彼其卑也。（孟子・公孫丑上）

夫：子木曰：夫獨無族姻乎？（左傳・襄公二十六年）

夫人不言，言必有中。（論語・先進）

夫二人者，魯國社稷之臣也。（左傳・成公十六年）

厥：今時既墜厥命。（書・召誥）

厥土黑墳，厥草惟繇，厥木惟條，厥田惟中下，厥賦貞。（書・禹貢）

盤庚既遷，奠厥攸居，乃正厥位。（書・盤庚下）

其：民之窮困而受盟於楚，孤也與其二三臣不能禁止。（左傳・襄公八年）

君子賢其賢而親其親，小人樂其樂而利其利。（禮記・大學）

學問之道無他，求其放心而已矣。（孟子・告子上）

7　“彼、夫”兩字聲則同為唇音，韻則歌魚相轉，可能同出一源。“厥、其”和後世的“渠”字同屬牙音，或出同源。

齊晉秦楚，其在成周甚微。（**史記・十二諸侯年表序**）

秦王恐其破璧，乃辭謝。（**史記・廉頗藺相如列傳**）

旁指指示代詞只有一"他"字，有時也寫作"它"或"佗"。如：

1. 王顧左右而言他。（**孟子・梁惠王下**）

2. 子不我思，豈無他人。（**詩・褰裳**）

3. 且夫兄弟之怨，不徵於它，徵於它，利乃外矣。（**國語・周語中**）

4. 於是沛公乃夜引兵從他道還。（**史記・高祖本紀**）

5. 此無佗故，其祟在龜。（**史記・龜策列傳**）

不定指示代詞有"某"和"或"。如：

某：師冕見，及階，曰：階也。及席，子告之曰：某在斯，某在斯。（**論語・衛靈公**）

從某至某廣從六里。（**國策・秦策二**）

臣非知為此奏，乃正監掾史某為之。（**史記・張湯列傳**）

某時某喪，使公主某事，不能辦，以此不任用公。（**漢書・陳勝項籍傳**）

或：或謂孔子曰：子奚不為政？（**論語・為政**）

萬章問曰：或曰，百里奚自鬻於秦養牲者，五羊之皮，食牛，以要（yāo）秦穆公，信乎？（**孟子・萬章上**）

魯欲背晉合於楚，或諫，乃否。（**史記・魯世家**）

趙高持鹿獻於二世，曰：馬也。二世笑曰：丞相誤耶？謂鹿為馬。問左右，左右或默或言馬以阿順趙高。（**史記・秦始皇本紀**）

11.6 疑問代詞

疑問代詞中常用的有"誰、孰","何、曷、胡、奚","安、焉、惡、烏"諸字[8]。用例如下：

誰：誰無父母？（詩・沔水——作主語。）

　　子為誰？（論語・微子——作補語。）

　　吾誰欺？欺天乎？（論語・子罕——作賓語。）

　　子為元帥，師不用命，誰之罪也？（左傳・宣公十二年——作定語。）

孰：孰為夫子？（論語・微子——作主語。）

　　孰知賦斂之毒有甚是蛇者乎？（柳宗元，捕蛇者説——作主語。）

　　是可忍也，孰不可忍也？（論語・八佾——作主語，問事。）

　　孰王而可叛也？（呂氏春秋・恃君——作定語）

　　哀公問弟子孰為好學？（論語・雍也）

　　禮與食孰重？（孟子・告子下）

　　吾與徐公孰美？（國策・齊策——最後三例表示抉擇問。）

何：元年者何？君之始年也。春者何？歲之始也。（公羊傳・隱公元年——作謂語。）

　　吾所以有天下者何？項氏之所以失天下者何？（史記・高帝紀——作謂語。）

　　內省不疚，夫何憂何懼？（論語・顏淵——作賓語。）

　　軫不之楚，何歸乎？（史記・張儀列傳——作交涉賓語。）

8　疑問代詞中，"誰、孰"同聲，"何、曷、胡、奚"同聲，"安、焉、惡、烏"同聲，或屬同源，是值得注意的。

問今是何世？（陶潛，桃花源記——作定語。）

夫子何哂由也？（論語·先進——作狀語。）

徐公何能及君也？（國策·齊策——作狀語。）

曷：曷為久居此圍城之中而不去？（史記·魯仲連鄒陽列傳——作介詞賓語。）

懷哉懷哉！曷月予還歸哉？（詩·揚之水——作定語。）

天曷不降威？（書·西伯戡黎——作狀語。）

曷若是而可以持國乎？（荀子·強國——作狀語。）

胡：惠帝讓參曰：與窋胡治乎？（史記·曹相國世家——作賓語。）

苟必信，胡不赴秦軍俱死？（史記·張耳陳餘列傳——作狀語。）

今君胡不多買田地，賤貰貸以自汙，上心乃安！（史記·蕭
相國世家——作狀語。）

奚：衛君待子而為政，子將奚先？（論語·子路——作賓語。）

子路宿於石門，晨門曰：奚自？（論語·憲問——作介詞賓語。）

或謂孔子曰：子奚不為政？（論語·為政——作狀語。）

安：沛公安在？（史記·項羽本紀——作關涉賓語或狀語。）

皮之不存，毛將安傅？（左傳·僖公十四年——作狀語。）

君謂計將安出？（三國志·諸葛亮傳——作狀語。）

安能辨我是雄雌？（樂府詩集·木蘭辭——作狀語。）

焉：未能事人，焉能事鬼？（論語·先進——作狀語。）

且焉置土石？（列子·湯問——作狀語。）

天下之父歸之，其子焉往？（孟子·離婁上——作狀語。）

且齊楚之事又焉足道哉！（史記·司馬相如列傳——作狀語。）

惡（wū）：卒（猝）然問曰：天下惡乎定？（孟子·梁惠王上——"乎"
字作助詞，則"惡"為狀語。）

居惡在?仁是也;路惡在?義是也。(孟子‧盡心上 ── 作狀語。)

伯高死於衛,赴(訃)於孔子。曰:吾惡乎哭諸?(禮記‧檀弓)

先生又惡能秦王烹醢梁王?(史記‧魯仲連鄒陽列傳)

烏:烏能與齊懸衡?(國策、秦策)

遲速有命,烏識其時?(漢書‧賈誼傳)

齊楚之事又烏足道乎!(漢書‧司馬相如傳)

另外,在文言文中還有"孰與""何如""何若""如之何"等成語,是不能分開來解釋的。如:

1. 百姓足,君孰與不足?百姓不足,君孰與足?(論語‧顏淵)

2. 我孰與城北徐公美?(國策‧齊策)

3. 樊噲曰:今日之事何如?(史記‧項羽本紀)

4. 陛下以絳侯周勃何如人也?(史記‧張釋之馮唐列傳)

5. 亦使知之,若何?(左傳‧僖公二十四年)

6. 此為何若人?(墨子‧公輸)

7. 仍舊貫,如之何?(論語‧先進)

8. 長幼之節,不可廢也;君臣之義,如之何其廢之?(論語‧微子)

11.7 其他代詞

另有些代詞,不便歸入上述三小類中,一併放在這裏談一談。

己:己所不欲,勿施於人。(論語‧顏淵 ── 作主語。)

不患人之不己知,患不知人也。(論語‧學而 ── 作賓語。)

禍福無不自己求之者。(孟子‧公孫丑上 ── "自己"是介賓結構,不是一個詞。)

堯以不得舜為己憂，舜以不得禹、皋陶為己憂。(孟子・滕文公上 —— 作定語。)

自：寧信度，無自信也。(韓非子・外儲說)

勝相士，多者千人，寡者數百，自以為不失天下之士。(史記・平原君虞卿列傳)

盧陵文天祥自序其詩，名曰指南錄。(文天祥，指南錄後序)

各：子曰：盍各言爾志！(論語・公冶長)

且賢臣者，各及其身顯名天下。(史記・商君列傳)

梁王曰：若寡人，國小也。尚有徑寸之珠照車前後各十二乘者十枚。(史記・田敬仲完世家)

餘人各復延至其家，皆出酒食。(陶潛，桃花源記)

莫：子曰：莫我知也夫！(論語・憲問)

狂者傷人，莫之怒也；嬰兒詈老，莫之疾也。(淮南子・說林)

朝廷之臣，莫不畏王；四境之內，莫不有求於王。(國策・齊策)

無：僕相人多矣，無如季相。(史記・高祖本紀)

(奮) 無文學，恭謹無與比。(史記・萬石張叔列傳)

靡：物靡不得其所。(史記・司馬相如列傳)

古布衣之俠，靡得而聞已。(史記・遊俠列傳)

者：仁者安人，智者利人。(論語・里仁)

往者不可諫，來者猶可追。(論語・微子)

事其大夫之賢者，友其士之仁者。(論語・衛靈公)

不有居者，誰守社稷？不有行者，誰扞牧圉？(左傳・僖公二十八年)

樂天者保天下，畏天者保其國。(孟子・梁惠王下)

奪項王天下者必沛公也。（史記・項羽本紀）

臣願得笑臣者頭。（史記・平原君虞卿列傳）

所：仲子所居之室，伯夷之所築與？抑亦盜跖之所築與？所食之粟，伯夷之所樹與？抑亦盜跖之所樹與？（孟子・滕文公下）

爵者，上之所擅，出於口而無窮；粟者，民之所種，生於地而不乏。（晁錯，論貴粟疏）

夫西河，魏土，文侯所興，有段干木、田子方之遺風。（楊惲，報孫會宗書──“所興”意為“所自興”。）

師者所以傳道授業解惑也。（韓愈，陳政事疏）

漢之所置傳相方握其事。（賈誼，陳政事統）

所愛者，撓法活之；所憎者，曲法誅之。（史記・酷吏列傳）

　　從上面所舉的例子看來，“者”和“所”都沒有獨立的身分。“者”字之前必須有定語，所以有的語法學家稱它為“被飾代詞”。“所”字必須在後面跟着動詞或介詞，而“所”字恰恰處於其賓語的地位。儘管這兩個字有所謂“依附性”，不能獨立，卻也只好承認它們是代詞，而且是很有用的代詞。

第十二章　介繫詞

12.1　介詞總述

在第三章中，我把在句子中起介係作用的虛詞分為介詞、連詞、間詞和繫詞四小類，並對它們做了初步的說明。這一章打算對各類介繫詞做進一步的說明。因為繫詞只有"為、是"兩字，它們又兼屬動詞，有一些特殊用法，已在前面講過，所以這一章就只講介詞、連詞和間詞。

現在先談介詞。

在文言文中，常用的介詞只有"於、以、為（wèi）、與、自、由、從"這幾個。嚴格地檢查一下就可以知道，這裏面只有"於"字不能獨立充當謂語[1]，是真正的介詞；其他"以、為、與、自、由、從"等都可以找到獨立充當謂語的例子，可見都是由動詞轉化來的。如：

以：霸主將德是以，而二三之，其何以長有諸侯乎？（**左傳·成公八年**）

視其所以，觀其所由，察其所安，人焉廋哉，人焉廋哉！

（**論語·為政**）

1　也有個別充當謂語的例子，但極少。

為：冉有曰：夫子為（wèi）衛君乎？（論語・述而）

周陽侯始為諸卿時，嘗繫長安，湯傾身為（wèi）之。（史記・酷吏張湯列傳）

與：吾生平知韓信易與耳。（史記・淮陰侯列傳）

問豨將，皆故賈人。上曰：吾知所以與之矣。（漢書・高帝紀）

自：二者之咎，皆自於朕之德薄而不能遠達也。（史記・文帝本紀）

要若有司馬相如、劉向、揚雄之徒出，必自於此，不自於循常之徒也。（韓愈，答劉正夫書）。

由：百官之非，宜由朕躬。（史記・孝文本紀）

萬物殷富，政由一家。（史記・酈生陸賈列傳）

從：必操几杖以從。（禮記・曲禮）

從而謝焉。（禮記・檀弓）

至於其他後世用為介詞的"向、對、當、在、經、沿……"諸字之來自動詞就更為明顯，可以無須舉例了。

我在這裏想到一個有趣的證明，那就是前章末尾談到的"所"字。"所"字可以加在動詞或介詞前充當它們的賓語。這對一般介詞來說是可能的，惟獨不能加在"於"字前充當它的賓語[2]。這也可以從旁證明"於"字是真正的介詞，其他的介詞都是由動詞轉化來的。

儘管真正的介詞只有"於"字一個，照我看來，仍不能把介詞這一類從詞類中取消。其理由有二：（一）"於"字在介詞中用途最為廣泛，而且在漢語的發展中和其他介詞結合起來形成了

2　"所以、所為、所與、所由、所從"都常見，惟獨不見"所於"。在韓愈送楊少尹序中有"中世士大夫以官為家，罷則無所於歸"句法，實是"無所歸"之變化。

"對於""關於""至於""由於""在於"等合成詞，用途就格外廣泛了。（二）把介詞這一類取消之後，就勢必要把它算作"次動詞"或"副動詞"，於是在分析句子的時候就要碰到無數"連動式"。所以只在名稱上把介詞改稱為"次動詞"或"副動詞"是沒有意義的。

確定了"介詞"在詞類中的地位之後，還要來對介詞的定義做一點必要的討論。關於介詞的定義，我在《語法新編》中曾談到現在最流行的一種是：

> 用在名詞、代詞等前邊，同它合起來，一同表示動作、行為的方向、對象、處所、時間等的詞叫做介詞。

並指出了這一定義的缺點。但就文言語法來，我倒發現了兩本語法書給介詞所下的定義還大致不錯。一本書說：

> 介詞是關繫詞的一種，一般的用法是，介紹實體詞以及短語以與述說詞發生關係。所介紹的實體詞或者短語，和在動詞下且受那動作影響所及的事物一樣，也叫賓語。介詞和它的賓語，在句中的作用與地位，常常等於副詞。

另一本書說：

> 介詞是用來介紹名詞或代詞到動詞（包括用作謂語的形容詞）上去表示時間、處所、原因、方式等意義關係的，因之介詞通常分為時間介詞、處所介詞、原因介詞、方式介詞等。

我在本書第三章對介詞的語法功能所作的說明是：

> 介詞的語法功能主要是把實體詞介係到表詞上。就大多數介詞來說，也可以說是和實體詞結合成為"介賓結構"對表詞起狀語作用。

拿我對介詞的語法功能所作的說明和上述的兩個定義比較一下就

可以看出：

(一) 三者都強調了介詞把實體詞（包括名詞、代詞以及和名
    詞功能相等的結構）介係到表詞（包括動詞和形容詞）
    上的作用。這是比流行定義好的地方。

(二) 但上述兩個定義把形容詞限制在充任謂語的範圍之內，
    實有未妥。

(三) 在我作説明時是想到了"提賓介詞"的，所以説"就大
    多數介詞來説……"，而上述兩個定義可能未想到這一
    點。

(四) 上述兩個定義的後一個説"介紹名詞或代詞到動詞上去
    表示……"而不提介賓結構，也顯得交代不清。

(五) 後一個定義按意義把介詞分為時間介詞、處所介詞、原
    因介詞、方式介詞等，也會導致繁瑣。

12.2 "於"（于）

(一) 作"在"字解，表示處所。如：

1. 子擊磬於衛。（**論語・憲問**）

2. 王坐於堂上。（**孟子・梁惠王上**）

3. 屈原既放，遊於江潭。（**楚辭・漁夫**）

4. 荊軻嗜酒，日與狗屠及高漸離飲於燕市。（**史記・刺客列傳**）

5. 頃之，襄子當出，豫讓伏於所當過之橋下。（**史記・刺客列傳**）

6. 龐涓死於此樹下。（**史記・孫子吳起列傳**）

這種表示地點的介賓結構通常多半放在動詞後面，但也有放
在前面的例子。如：

7. 襄於道病死，上閔惜之。（漢書·王襃傳）

8. 宰相不親小事，非所當於道路問也。（漢書·丙吉傳）

9. 遂於蒿萊中側聽徐行。（聊齋·促織）

在古文中，表示處所也用"在"字。如：

10. 子在齊聞韶，三月不知肉味。（論語·述而）

11. 在陳絕糧。（論語·衛靈公）

（二）作"在"字解，表示時間。如：

1. 子於是日哭，則不歌。（論語·述而）

2. 冢宰制國用，必於歲之杪。（禮記·王制）

3. 於今面折庭爭，臣不如君。（史記·呂后本紀）

4. 於威宣之際，孟子荀卿之列，咸遵夫子之業而潤色之。（史記·儒林列傳）

（三）表示出發點，可譯為"從""自"。如：

1. 子墨子聞之，起於魯。（墨子·公輸）

2. 民以為將拯己於水火之中也。（孟子·梁惠王下）

3. 子噲不得與人燕，子之不得受燕於子噲。（孟子·公孫丑下）

4. 謂獄中語乃親得之於史公云。（方苞，左忠毅公逸事）

（四）表示原因。如：

1. 然後知生於憂患而死於安樂也。（孟子·告子下）

2. 業精於勤，荒於嬉。（韓愈，進學解）

（五）表示歸着點，可譯為"給""對"或"到"。如：

1. 使狐偃將上軍，讓於狐毛而佐之。（左傳·僖公二十七年）

2. 子墨子曰：胡不見我於王？（墨子·公輸）

3. 故天將降大任於是人也……（孟子·告子下）

4. 王如施仁政於民……（孟子·梁惠王上）

5. 先生處勝之門下，幾年於此矣？（史記・平原君虞卿列傳）

6. 自吾氏三世居是鄉，積於今六十歲矣。（柳宗元，捕蛇者説）

（六）表示動作的關涉對象。如：

1. 季康子問政於孔子。（論語・顏淵）

2. 四境之內，莫不有求於王。（國策・齊策）

3. 魯肅聞劉表卒，言於孫權曰……（通鑒・赤壁之戰）

4. 事急矣，請奉命求救於孫將軍。（通鑒・赤壁之戰）

（七）表某人對於某事的意見。如：

1. 食夫稻，衣夫錦，於汝安乎？（論語・陽貨）

2. 不義而富且貴，於我如浮雲。（論語・述而）

3. 此布衣之極，於良足矣。（史記・留侯世家）

4. 今吳楚反，於公何如？對曰：不足憂也。（史記・吳王濞列傳）

（八）表關係。如：

1. 吾三分四軍與諸侯之銳以逆來者，於我未病，楚不能矣。

（左傳・襄公九年）

2. 且矯魏王令奪晉鄙兵以救趙，於趙則有功矣，於魏則未為

忠臣也。（史記・魏公子列傳）

3. 廣川惠王於朕為兄。（漢書・景十三王傳）

4. 夫談有悖於目，拂於耳，謬於心而便於身者。（漢書・東方朔傳）

（九）表“在……中”。如：

1. 於姬姓，我為伯。（左傳・哀公十三年）

2. 於齊國之士，吾必以仲子為巨擘焉。（孟子・滕文公下）

3. 燕於姬姓獨後亡。（史記・荊燕世家）

4. 儒者所謂中國者，於天下乃八十分居其一分耳。（史記・孟

子荀卿列傳）

170

5. 於諸侯之約，大王當王（wàng）關中。（史記・淮陰侯列傳——
按此例當作 "依據" 解。）

（十）在被動句中介出施事。如：

1. 善戰者制人而不制於人。（孫子・虛實）

2. 彌子瑕見愛於衛君。（韓非子・說難）

3. 兵破於陳涉，地奪於劉氏。（漢書・賈誼傳）

4. 吾不能舉全吳之地，十萬之眾，受制於人。（通鑒・赤壁之戰）

（十一）介出象詞的關涉賓語。如：

1. 荊國有餘於地而不足於民。（墨子・公輸——"有餘""不足"亦
可看作動詞。）

2. 吾何快於是。（孟子・梁惠王上）

3. 吾甚慚於孟子。（孟子・公孫丑下）

4. 明於治亂，嫻於辭令。（史記・屈原賈生列傳）

5. 是敢於殺人，不敢於養人也。（北齊書・邢邵傳）

6. 今寇眾我寡，難於持久。（通鑒・赤壁之戰）

（十二）用於象詞後介出所比較的事物。如：

1. 季氏富於周公。（論語・先進）

2. 苛政猛於虎。（禮記・檀弓）

3. 君危於累卵。（國策・秦策）

4. 毛先生以三寸之舌，強於百萬之師。（史記・平原君虞卿列傳）

（十三）表對比關係。如：

1. 麒麟之於走獸，鳳凰之於飛鳥，泰山之於丘垤，河海之於
行潦，類也；聖人之於民，亦類也。（孟子・公孫丑上）

2. 伯夷、伊尹於孔子，若是班乎？曰：否；自有生民以來，

未有孔子也。(**孟子·公孫丑上**)

　　3. 且今時趙之於秦，猶郡縣也。(**史記·張儀列傳**)

(十四) 表對待關係。如：

　　1. 君子之於天下也，無適也，無莫也。義之與比。(**論語·里仁** —— 言君子對待天下之事，無所必從，亦無所必不從，惟順乎義而已。)

　　2. 始吾於人也，聽其言而信其行；今吾於人也，聽其言而觀其行。(**論語·公冶長**)

　　3. 我於辭命，則不能也。(**孟子·公孫丑上**)

　　4. 吾於天下賢士，可謂亡負矣。(**漢書·高帝紀**)

　　5. 於官屬掾吏，務掩過揚善。(**漢書·丙吉傳**)

(十五) 用同"以"。如：

　　1. 慈，於戰則勝，以守則固。(**韓非子·解老**)

　　2. 薊丘之植，植於汶篁。(**史記·樂毅列傳**)

　　3. 居則習民於射法，出則教民於應敵。(**漢書·鼂錯傳**)

上面所列舉的各種用法不僅使我們能體會出"於"字的用途廣泛、複雜，同時也可以使我們想到對介詞按意義進行分類是不可能的。

　　另外，還有和"於"字功能相同的幾個助詞，也可以在這裏一併提及：

乎：擢之乎賓客之中，立之乎羣臣之上。(**國策·燕策**)

焉：五色五聲五臭五味凡四類，自然存焉天地之間而不期為人用。(**尹文子·大道上**)

諸：禹疏九河，瀹濟、漯，而注諸海。(**孟子·滕文公上**)

之：人之其所親愛而辟焉。(**禮記·大學**)

12.3 "以"

介詞"以"字的用法比較複雜,現在擇要說明於下:

(一) 作用近於白話的"把"字。如:

    1. 陳子以時子之言告孟子。(孟子・公孫丑下)

    2. 子路,人告之以有過則喜。(孟子・公孫丑下)

    3. 秦亦不以城予趙,趙亦終不予秦璧。(史記・廉頗藺相如列傳)

    4. 此天以君授孤也。(通鑒・赤壁之戰)

(二) 作"用"字解,表示憑借。如:

    1. 醒,以戈逐子犯。(左傳・僖公二十四年)

    2. 楚子弗從,臨之以兵,懼而從之。(左傳・莊公十九年)

    3. 殺人以梃與刃,有以異乎?(孟子・梁惠王上)

    4. 方今之時,臣以神遇,而不以目視。(莊子・養生主)

(三) 由憑借又轉為原因、理由。如:

    1. 君子不以言舉人,不以人廢言。(論語・衛靈公)

    2. 乃欲以一笑之故殺吾美人,不亦甚乎?(史記・平原君虞卿列傳)

    3. 而吾以捕蛇獨存。(柳宗元,捕蛇者說)

(四) 再轉為論事之標準。如:

    1. 以賢,則去疾不足;以順;則公子堅長。(左傳・宣公四年)

    2. 子思之不悅也,豈不曰:以位,則子君也,我臣也,奚敢
       與君友也?以德,則子事我者也,奚可以與我友?(孟子・
       萬章下)

    3. 餘船以次俱進。(通鑒・赤壁之戰)

(五) 作"於"字解,表時間。如:

    1. 其弟以千畝之戰生,命之曰成師。(左傳・桓公二年)

　　2. 侯生曰：臣宜從，老，不能。請數公子行日，以至晉鄙軍
　　之日北鄉自剄以送公子。(史記‧魏公子列傳)

　　3. 詐言以武帝時受詔，得職吏事。(漢書‧燕王旦傳)

（六）表所用之身分或資格。如：

　　1. 以能問於不能，以多問於寡。(論語‧泰伯)

　　2. 以五十步笑百步，則何如？(孟子‧梁惠王上)

　　3. 以無忌從之游，尚恐其不我欲也。(史記‧魏公子列傳)

　　4. 翌日，以資政殿學士行。(文天祥，指南錄後序)

（七）表示率領。如：

　　1. 宮之奇以其族去虞。(史記‧晉世家)

　　2. 欒書、中行偃以其黨襲捕厲公，囚之。(史記‧晉世家)

（八）用於象詞下，同"於"。如：

　　1. 眾叛親離，難以濟矣。(左傳‧隱公四年)

　　2. 慶封為亂於齊而欲走越，其族人曰：晉近，奚不之晉？慶
　　封曰：越遠，利以避難。(韓非子‧說林上)

（九）同"與"。如：

　　1. 樂氏其以宋升降乎！(左傳‧襄公二十九年)

　　2. 主人以賓揖。(儀禮‧鄉射禮)

　　3. 天下有變，王割漢中以楚和。(國策‧周策)

12.4　"為"和"與"

　　"為"字有以下幾種用法：

　　（一）讀去聲，有"幫助""替代"的意思，和白話中的"替"
字最相近。如：

1. 為人謀而不忠乎？（論語・學而）

2. 季氏富於周公，而求也為之聚斂而附益之。（論語・先進）

3. 季氏使閔子騫為費（bì）宰。閔子騫曰：善為我辭焉。（論語・雍也）

4. 人取可食者而食之，非天本為人生之。（列子・説符）

（二）讀去聲，表"原因""目的"或"動機"。如：

1. 仕非為貧也，而有時乎為貧。（孟子・萬章下）

2. 天不為人之惡寒也輟冬，地不為人之惡遼遠也輟廣。（荀子・天論篇）

3. 老父顧謂良曰：孺子下取履！良愕然，欲毆之；為其老，彊忍，下取履。（史記・留侯世家）

4. 十餘萬人皆入睢水，睢水為之不流。（史記・項羽本紀）

5. 天下熙熙，皆為利來；天下攘攘，皆為利往。（史記・貨殖列傳）

（三）同"於"。如：

1. 為其來也，臣請縛一人過王而行。（晏子春秋・內篇雜下）

2. 此其為親戚（父母）兄弟若此，而又況於仇讎之敵國耶？（國策・魏策）

3. 夫匈奴難得而治，非一世也。……上及虞夏殷周，固弗程督。禽獸畜之，不屬為人。（史記・平津侯主父列傳）

（四）同"與"。如：

1. 犀首以梁為齊戰於承匡而不勝。（國策・齊策）

2. 韓仲子辟（避）人，因為聶政語。（國策・韓策）

3. 寡人獨為仲父言，而國人知之，何也？（韓詩外傳）

（五）讀平聲，表被動。如：

1. 不為酒困。（論語・子罕）

2. 衛太子為江充所敗。（漢書·霍光傳）

3. 巨是凡人，偏在遠郡，行將為人所併。（通鑒·赤壁之戰）（按表被動之“為”字是否為介詞尚待研究）

（六）讀去聲，同“謂”。如：

1. 趙盾曰：天乎！天乎！予無罪！孰為盾而忍弒其君者乎？（穀梁傳·宣二年）

2. 管仲，曾西之所不為也，而子為我願之乎？（孟子·公孫丑上）

3. 從命利君為之順，從命病君為之諛；逆命利君謂之忠，逆命病君謂之亂。（説苑·臣術）

“與”字有以下幾種用法：

（一）表“偕同”，如：

1. 諸君子皆與驩言，孟子獨不與驩言，是簡驩也。（孟子·離婁下）

2. 此迫矣！臣請入，與之同命。（史記·項羽本紀）

3. 足下與項王有故，何不反漢與楚連和？（史記·淮陰侯列傳）

4. 陛下雖賢，誰與領此？（賈誼·治安策一）

5. 諸將吏敢復有言當迎操者，與此案同。（通鑒·赤壁之戰）（按表偕同的“與”字，有時為介詞，有時為連詞，要看用時心理上是否有所偏重而定。偏重一方的是介詞，兩方並重的是連詞。）

由“偕同”義可轉為“隨同”。如：

6. 蛤蟹珠龜，與月盛衰。（淮南子·地形訓）

（二）同“為”，如：

1. 得其民有道：得其心，斯得民矣。得其心有道：所欲，與之聚之；所惡，勿施爾也。（孟子·離婁上——所要的，替他收集；所惡的，不給他就是了。“與”字作偕同解，亦通。）

2. 或與中期説秦王。(**國策・秦策**)

3. 我使掌與女乘。(**孟子・滕文公下**)

4. 匡衡勤學，邑人天姓文不識家富多書，衡乃與其傭作而不
求償。(**西京雜記卷二**)

(三) 同"於"，如：

1. 要離與慶忌之吳，渡江，中江，要離力微，坐與上風。(**吳
越春秋・闔閭傳**)

2. 吳有越，腹心之疾；齊與吳，疥癬也。(**史記・越王勾踐世家**)

3. 秦之與魏，譬若人有腹心之疾。(**史記・商君列傳**)

12.5 其他介詞的用法

用：伯夷叔齊不念舊惡，怨是用希。(**論語・公冶長**——用，以也。)

廣用善射虜多為郎騎常侍。(**史記・李將軍列傳**——用，因也，
以也。)

焉用亡鄭以倍鄰？鄰之厚，君之薄也。(**左傳・僖公三十
年**——用，為也。)

因：廉頗聞之，肉袒負荊，因賓客至藺相如門謝罪。(**史記・廉頗
藺相如列傳**——因，經由也。)

善戰者因其勢而利導之。(**史記・孫子吳起列傳**——因，依也。)

因前使絕國功，封騫博望侯。(**史記・衛青列傳**——因，以也。)

自：自其異者視之，肝膽楚越也；自其同者視之，萬物皆同
也。(**莊子・德充符**——自，從也。)

自天子以至於庶人，壹是皆以修身為本。(**禮記・大學**)

無忌自在大梁時常聞此兩人賢。(**史記・魏公子列傳**)

由：禮義由賢者出。（孟子・梁惠王上——由，自也。）

　　分裂天下而封王侯，政由羽出。（史記・項羽本紀——由，自也。）

　　由所殺蛇白帝子，殺者赤帝子，故上赤。（史記・高祖本紀——由，因也。）

從：有一人從橋下走出。（史記・張釋之馮唐列傳）

　　公等皆去，吾亦從此逝矣。（史記・高祖本紀）

　　梁項生從田何受易。（漢書・儒林傳——從，隨也。）

向（嚮，鄉）：秦伯素服郊次，鄉師而哭曰：孤違蹇叔以辱二三子，孤之罪也！（左傳・僖公三十二年）

　　餘虜走向落川，復相屯結。（後漢書・段熲傳）

　　手把文書口稱勅，迴車叱牛牽向北。（白居易，賣炭翁）

對：對酒當歌，人生幾何！（曹操，短歌行）

　　當窗理雲鬢，對鏡帖花黃。（樂府詩集・木蘭辭）

　　南村羣童欺我老無力，忍能對面為盜賊。（杜甫，茅屋為秋風所破歌）

當：當是時，楚兵冠諸侯。（史記・項羽本紀）

　　當此之時，寇賊並起，軍旅數發。（漢書・賈捐之傳）

　　唧唧復唧唧，木蘭當戶織。（樂府詩集・木蘭辭）

旁（bàng）：其明年，單于將十餘萬騎旁塞獵。（漢書・匈奴傳）始皇遂旁海西至平原津而病，到沙丘而崩。（論衡・紀妖）

　　兩兔旁地走，安能辨我是雄雌？（樂府詩集・木蘭辭）

緣：武帝崩，大將軍霍光緣上雅意，以李夫人配食。（漢書・外戚傳）

　　其居位，爵祿賂遺所得，亦緣手盡。（漢書・樓護傳）

　　緣溪行，忘路之遠近。（陶潛，桃花源記）

12.6　介詞的倒置

介詞以置於其賓語之前為常，但在古代，也有一些置於其賓語之後的例子。

（一）首先，以疑問代詞或賓位代詞"所"字作賓語，介詞通常倒置。如：

1. 微君之故，胡為乎中露？（詩・式微）

2. 百姓足，君孰與不足？百姓不足，君孰與足？（論語・顏淵）

3. 子貢曰：何為其莫知子也？（論語・憲問）

4. 子曰：何以報德？（論語・憲問）

5. 奚為後我？（孟子・梁惠王下）

6. 後之人，其欲聞仁義道德之説，孰從而聽之？（韓愈，原道）

7. 其妻問所與飲食者，則盡富貴也。（孟子・離婁下）

8. 所為見將軍者，欲以助趙也。（國策・趙策）

（二）其次，賓語是一般名詞的時候，也有少數倒置的例子。如：

於：其一二父兄私族於謀而立長親。（左傳・昭十九年 —— 謀於私族也。）

諺所謂室於怒而市於色者，楚之謂矣。（左傳・昭公十九年 —— 怒於室而色於市也。）

啟乃淫溢康樂，野於飲食。（墨子・非樂 —— 飲食於野也。）

以：君子義以為質，禮以行之，孫（遜）以出之，信以成之。（論語・衛靈公 —— 以義為質，以禮行之，以遜出之，以信成之也。）

晉人戚憂以重我，天地以要（yāo）我。（左傳・僖公十五年）

為：非夫（fú）人之為慟而誰為？（論語・先進 —— 為夫人慟也。）

寡人之使吾子處此，不惟許國之為，亦聊以固吾圉也。(左傳・隱十一年 ── 為許國也。)

與：臃腫之與居。(莊子・庚桑楚 ── 與臃腫居也。)

乎：清人在消……河上乎逍遙。(詩・清人)

12.7　連詞

連詞的情況頗為複雜。

就用途來説，有的主要連接詞或詞組，有的不但能連接詞或詞組，還能連接句子，有的則主要連接句子。

就連詞的使用情況來説，有的可以單獨使用，有的則常常兩個互相呼應着使用。

就連詞所表示的關係來説，就格外複雜。語法書雖大體上把連詞所表示的關係分為平等關係和主從關係兩類，但兩大類下各包含哪些內容，就依人而有不同看法。例如轉折關係，有人把它算在平等關係之內，但也有人把它算在主從關係之內。

從上述情況看來，掌握連詞，自然還是從它的用途和是否單獨使用來掌握比較容易些。而從連詞所表示的關係來掌握它，就已經進入到對內容的具體分析，比較麻煩。因此我現在主要以連接詞或詞組抑或連接句子為標準把連詞分為兩部分，本章只敍述連接詞或詞組的連詞，至於連接句子的連詞，則留到複句那一章再説。

（一）與

"與"字一般表示實體詞的並列關係。有時可以在幾個並列成分之間接連使用。如：

1. 子罕言利與命與仁。(論語・子罕)

2. 凡有爵者與七十者與未齔者，皆不為奴。(漢書・刑法志)

3. 趙王與大將軍廉頗、諸大臣謀。(史記・廉頗藺相如列傳)

4. 老賊欲廢漢自立久矣，徒忌二袁、呂布、劉表與孤耳。(通
鑒・赤壁之戰)

另外，並列關係也可以不用連詞。如：

1. 巫嫗、弟子是女子也，不能白事。(史記・滑稽列傳 ── 巫
嫗、弟子為並列關係。)

2. 今父老、子弟雖患苦我，然百歲後期令父老子孫思我言。
(史記・滑稽列傳 ── 父老、子弟為並列關係，父老子孫為限定關係。)

3. 長老、吏、傍觀者皆驚恐。(史記・滑稽列傳)

(二) 及

"及"字所表示的已微有主次之分，不是真正的並列關係。如：

1. 秦王大喜，傳以示美人及左右。(史記・廉頗藺相如列傳 ──
兼及左右也。)

2. 每吳中有大繇役及喪，項梁為主辦，陰以兵法部勒賓客及
子弟。(史記・項羽本紀)

3. 呂后，婦人，專欲以事誅異姓王者及大功臣。(史記・韓信盧
綰列傳)

(三) 且

"且"字表示"並且""而且"，常用以連接表詞。如：

1. 君子有酒，旨且多。(詩・魚麗)

2. 如有周公之才之美，使驕且吝，其餘不足觀也已。(論語・泰伯)

3. 廉頗藺相如計曰：王不行，示趙弱且怯也。(史記・廉頗藺相
如列傳)

4. 凡四方之士無有不過而拜且泣者。(張溥，五人墓碑記)

"且"字也可以和副詞"既"字配合着使用。如：

1. 既明且哲。(詩‧烝民)

2. 既和且平。(詩‧那)

兩個動詞上並列各加一"且"字，表示兩種動作同時進行。如：

1. 士死者過半，而所殺傷匈奴亦萬餘人，且引且戰。(史記‧李將軍列傳)

2. 險道傾仄，且馳且射。(漢書‧鼂錯傳)

這時也可以單用一"且"字。如：

3. 遵憑几口占書吏，且省官事。(漢書‧陳遵傳 —— 一面吟文稿讓書吏抄寫，一面看公文。)

(四) 而

"而"字既可以表示並列，也可以表示轉折。如：

1. 美而艷。(左傳‧桓公元年 —— 且也。)

2. 美而有勇力。(左傳‧襄公二十一年 —— 且也。)

3. 美而無子。(左傳‧隱公三年 —— 輕轉。)

"而"字又可用於兩個動詞結構之間，這時兩個動詞結構之間的關係要靠意義來決定，有時是承接，有時是前者疏釋後者。如：

1. 學而時習之，不亦說(悅)乎？(論語‧學而)

2. 予既烹而食之。(孟子‧萬章上)

3. 楚人為小門於大門之側而延晏子。(晏子春秋‧內篇雜下)

4. 臨淄三百閭，張袂成陰，揮汗成雨，比肩繼踵而在，何為(謂) 無人？(晏子春秋‧內篇雜下)

5. 毛遂按劍歷階而上，謂平原君曰：從之利害，兩言而決耳。今日出而言從，日中不決，何也？(史記‧平原君虞卿列傳)

再進一步，像下面幾個例子，就更顯然是前者疏釋後者了：

  6. 子路率爾而對曰……（論語・先進）

  7. 欲常常而見之，故源源而來。（孟子・萬章上）

  8. 未幾而成歸。（聊齋・促織）

另外，"而"字放在主謂之間，可以引起情緒上的動盪作用。如：

  1. 斯人也而有斯疾也！斯人也而有斯疾也！（論語・雍也）

  2. 子而思報父母之仇，臣而思報君之仇，其有敢不盡力者乎？（國語・越語上）

  3. 大閹之亂，縉紳而能不易其志者，四海之大，有幾人歟？（張溥，五人墓碑記）

（五）或

"或"字表示選擇關係，有時可以連用兩個"或"字。如：

  1. 其神或歲不至，或歲數來。（史記・封禪書）

  2. 句讀之不知，惑之不解，或師焉，或不（否）焉，小學而大遺，吾未見其明也。（韓愈，師説 —— 句讀不知則從師，疑惑不解則不從師，是小學而大遺也。）

  3. 及昭宗時，盡殺朝之名士，或投之黃河，曰："此輩清流，可投濁流。"而唐遂亡矣。（歐陽修，朋黨論）

上古不用"或"，而用"如"和"若"。如：

  1. 安見方六七十如五六十而非邦也者。（論語・先進）

  2. 大夫沒矣，則稱謚若字。（禮記・玉藻）

  3. 以萬人若一郡降者，封萬戶。（漢書・高帝紀）

  4. 時有軍役若水旱，民不困乏。（漢書・食貨志）

12.8 間詞"之"

"之"字的詞性，常見的有三種：（一）用作指示代詞，這在代詞一章中已經談過；（二）用作動詞，等於白話的"去"或"到……去"，如"項伯乃夜馳之沛公軍"（史記·項羽本紀）；（三）用作間詞，大致相當於白話"的"字，但又不完全一樣。本節所要講的正是這第三種詞性。

間詞"之"字的主要用途是在定語和它的中心詞之間起介係作用。如：

1. 夫子之文章可得而聞也。（論語·公冶長）
2. 王之命，懸於遂手。（史記·平原君虞卿列傳）
3. 以君之力，曾不能損魁父之丘。（列子·湯問）
4. 智能之士，思得明君。（三國志·諸葛亮傳）
5. 公輸盤為楚造雲梯之械。（墨子·公輸）

在定語裏面，雖然有人主張要再分為"領屬性的""修飾性的"和"同一性的"，但實際上會碰到困難。例如

1. 吾嘗將百萬軍，然安知獄吏之貴乎？（史記·絳侯周勃世家）
2. 方其鼓刀屠狗賣繒之時，豈自知附驥之尾、垂名漢庭、德流子孫哉！（史記·樊噲列傳）
3. 法令者，治之具，而非制治清濁之源也。昔天下之網常密矣，然姦偽萌起。（史記·酷吏列傳——"制治"是調理的意思。）

這三個句子中的"之"字所介係的，到底是哪一種定語呢？

值得研究的倒是"之"字的用與不用有無規律問題。和白話的"的"字用與不用一樣，這主要是靠節奏和語意的清晰來決定的。漢語一般很重視節奏，所以一逗或一頓的字數最好能成為偶

數。如前舉例句中的"以君之力""魁父之丘""智能之士""雲梯之械""獄吏之貴""鼓刀屠狗賣繒之時""附驥之尾""制治清濁之源""天下之網"都是偶數。只有"夫子之文章""王之命""治之具"是奇數。但這時如果為了能成為偶數而將"之"字省去，就會造成語意上的不清，所以是不能省的。相反，如果在

1. 然百歲後期令父老（之）子孫思我言。（史記·滑稽列傳）

2. 男女（之）衣着，悉如外人。（陶潛，桃花源記）

這樣的句中加上"之"字，就會令人感到讀起來不如原句節奏好。

"之"字在定語和它的中心詞之間起介係作用雖然和白話的"的"字相同，但在幾個並列的定語之後，"的"字可以重複，"之"字卻不可以重複。像

1. 取雞、狗、馬之血來。（史記·平原君虞卿列傳）

2. 然則怪迂、阿諛、苟合之徒自此興。（史記·封禪書）

3. 居窮守約，亦時有感激、怨懟、奇怪之辭以求知於天下。

（韓愈，上宰相書）

這幾個例子，在幾個並列的定語之後，只好共用一個"之"字。但譯成白話就可以並用幾個"的"字。如"取雞的、狗的、馬的血來"。當然，說可以並用，也不等於一定並用。

間詞"之"字的另一種用途是放在主謂結構之間把主謂關係變為限定關係。"之"字的這種作用也可以說是前一作用的發展。如：

1. 道之不行，已知之矣。（論語·微子）

2. 民之望之，若大旱之望雨也。（孟子·滕文公下）

3. 欲勿予，即患秦兵之來。（史記·廉頗藺相如列傳）

4. 願伯具言臣之不敢倍（背）德也。（史記·項羽本紀）

5. 秦之圍邯鄲，趙使平原君求救，合從於楚。(**史記‧平原君虞
卿列傳**)

6. 豈若吾鄉鄰之旦旦有是哉！(**柳宗元，捕蛇者説**)

把這些句子中的"之"字抽掉，就知道"之"字前後的詞語正
構成主謂關係。即："道不行""民望之""大旱望雨""秦兵來""臣
不敢背德""秦圍邯鄲""吾鄉鄰旦旦有是"。"之"字把這些主謂
結構改變為限定結構之後，這限定結構在全句中的地位如何，則
又有不同情況。"道之不行"是外位成分；"民之望之"是主語；
"大旱之望雨"是"若"字的關涉賓語；"秦兵之來"是"患"字
的賓語；"臣之不敢背德"是"言"字的賓語；"秦之圍邯鄲"是
狀語；"吾鄉之旦旦有是"是"若"字的關涉賓語。不過也有主謂
結構加"之"變為限定結構之後仍保持其分句地位的。如：

1. 我之大賢歟，於人何所不容？我之不賢歟，人將拒我，如
之何其拒人也？(**論語‧子張**)

2. 雖我之死，有子存焉。(**列子‧湯問**)

3. 若事之不濟，此乃天也。(**通鑒‧赤壁之戰**)

間詞"之"字的第三種作用是放在主謂和其餘部分之間，以
緩和句子的氣韻。如：

1. 天之於民厚矣。(**列子‧説符**)

2. 口之於味也，有同嗜焉。(**孟子‧告子上**)

3. 此猶文軒之與敝輿也。(**墨子‧公輸**)

試把上列各句中的"之"字抽掉，就會感到句意雖無不同，但氣
韻已變得急促了。

第十三章　助詞、感歎詞

13.1　語首助詞和語中助詞

　　助詞通常分為語首助詞、語中助詞和語末助詞三類。語首助詞和語中助詞只見於上古典籍，主要是詩經和書經。在後世的著作中除少數擬古作品外，一般已經不用。語首助詞，多半得不到確解，還有待於今後的繼續研究；語中助詞，除少數可以在白話文中找到類似的用法之外，一般也是不易解釋的。只有語末助詞可以說大致和白話文中的語氣詞相近，但總的說來，也不容易找出一一相當的關係。

　　情形既然如此，本章自然就要以語末助詞為重點，談得比較詳細些；至於語首助詞和語中助詞，就只好適當舉一些例子，讓大家粗略得些概念。

　　（一）語首助詞 —— 古人謂之發語詞或謂之發聲詞。

於：於予擊石撫石。（書·堯典）

　　於薦廣牡，相予肆祀。（詩·雝）

爰：爰居爰處，爰喪其馬。（詩·擊鼓）

　　爰始爰謀，爰契我龜。（詩·緜）

曰：我送舅氏，曰至渭陽。（詩·渭陽）

　　曰為改歲，曰殺羔羊。（詩·七月）

聿：無念爾祖，聿修厥德。（詩·文王 —— 無念，念也。）

　　　昭事上帝，聿懷多福。(**詩・大明**)

惟(維)：惟十有三祀，王訪於箕子。(**書・洪範**)

　　　維此王季，帝度其心。(**詩・皇矣**)

云：云誰之思？西方美人。(**詩・簡兮**)

　　　子之不淑，云如之何？(**詩・君子偕老**)

允：堯曰：咨，爾舜，天之歷數在爾躬，允釐百工。(**書・堯典**)

　　　允文允武，昭假烈祖。(**詩・泮水——"假"同"格"，法也。**)

伊：不可畏也，伊可懷也。(**詩・東山**)

　　　我視謀猷，伊于胡底？(**詩・小旻**)

抑：叔善射忌，又良御忌，抑磬控忌，抑縱送忌。(**詩・大叔于田**)

　　　寡君與其二三老曰：抑天實剝亂，是吾何知焉？(**左傳・**
　　　昭公十九年)

言：言告師氏，言告言歸。(**詩・葛覃**)

　　　驅馬悠悠，言至于漕。(**詩・載馳**)

思：思皇多士，生此王國。(**詩・文王**)

　　　思文后稷，克配彼天。(**詩・思文**)

載：載馳載驅，歸唁衛侯。(**詩・載馳**)

　　　乃生男子，載寢之牀，載衣之裳，載弄之璋，其泣喤喤。
　　　(**詩・斯干**)

薄：薄汙我私，薄澣我衣。(**詩・葛覃**)

　　　薄伐玁狁，至于太原。(**詩・六月**)

無：無念爾祖，聿修厥德。(**詩・文王——無念，念也。**)

　　　無寧使人謂子，子實生我。(**左傳・襄公二十四年**)

丕：丕顯文武，克慎明德。(**書・文侯之命**)

　　　丕顯哉，文王謨；丕承哉，武王烈。(**孟子・滕文公下引書**)

188

有：皇建其有極。(書・洪範)

　　投畀有北，有北不受，投畀有昊。(詩・巷伯)

(二) 語中助詞 —— 有整齊句式、和諧語調的作用。

攸：女 (汝) 不憂朕心之攸困。(書・盤庚中)

　　予曷敢不于前寧人攸受休畢？(書・大誥)

云：人之云亡，邦國殄瘁。(詩・瞻卬)

　　子反曰：日云暮矣，寡君須矣，吾子其入也。(左傳・成公
　　十二年)

言：駕言出遊，以寫我憂。(詩・泉水)

　　彤弓弨兮，受言藏之。(詩・彤弓)

厥：此厥不聽，人乃訓之。(書・無逸)

　　文王惟克厥宅心，乃克立茲常事司牧人。(書・立政)

其：予曷其不于前寧人圖功攸終？(書・大誥)

　　北風其涼，雨雪其雱。(詩・北風)

之：孟武伯問孝，子曰：父母唯其疾之憂。(論語・為政)

　　僑聞為國非不能事大字小之難，無禮以定其位之患。(左傳・
　　昭公十六年)

是：皇天無親，惟德是輔。(書・蔡仲之命)

　　除君之惡，惟力是視。(左傳・僖公二十四年)

焉：我周之東遷，晉鄭焉依。(左傳・隱公六年)

　　今王播棄黎老，而孩童焉比謀。(國語・吳語)

于：黃鳥于飛，集于灌木，其鳴喈喈。(詩・葛覃)

　　王于興師，修我戈矛，與子同仇。(詩・無衣)

實：宋衛實難，鄭何能為。(左傳・隱公六年)

　　鬼神非人實親，惟德實依。(左傳・僖公五年)

13.2　語末助詞"也"、"矣"

（一）"也"字的主要作用是放在句尾表示斷定語氣。如：

1. 仁者，人也；義者，宜也。（禮記・中庸）

2. 童寄者，彬州蕘牧兒也。（柳宗元，童區寄傳）

3. 王之所以叱遂者，以楚國之眾也。（史記・平原君虞卿列傳）

4. 吾所以為此者，以先國家之急而後私仇也。（史記・廉頗藺相
    如列傳）

5. 小子識之，苛政猛於虎也。（禮記・檀弓）

6. 今人有大功而擊之，不義也。（史記・項羽本紀）

7. 予唯不食嗟來之食以至於斯也。（禮記・檀弓）

8. 所以然者何？水土異也。（晏子春秋・內篇雜下）

9. 殺臣，宋莫能守，乃可攻也。（墨子・公輸）

10. 鄙賤之人，不知將軍寬之至此也。（史記・廉頗藺相如列傳）

11. 寡人非此二姬，食不甘味，願勿斬也。（史記・孫子吳起列傳）

最後兩例，一有"不"字，一有"願"字，都不能改變"也"字的
作用。為甚麼呢？因為這三個字各有各的作用，是不能相混的。

"也"字也可以放在逗尾表示停頓。如：

1. 君子之仕也，行其義也。（論語・微子）

2. 且而（爾）與其從辟（避）人之士也，豈若從辟世之士哉！
    （論語・微子）

3. 懲山北之塞，出入之迂也，聚室而謀。（列子・湯問）

4. 操蛇之神聞之，懼其不已也，告之於帝。（列子・湯問）

5. 而良人未之知也，施施從外來，驕其妻妾。（孟子・離婁下）

6. 然五人之當刑也，意氣揚揚，呼中丞之名而詈之，談笑而
    死。（張溥，五人墓碑記）

有時"也"字並不是用在逗尾,而是用在個別詞語後表示小停頓。如:

1. 柴也愚,參也魯,師也辟,由也喭。(論語‧先進)
2. 子謂子貢曰:女(汝)與回也孰愈?對曰:賜也何敢望回?回也聞一以知十;賜也聞一以知二。(論語‧公冶長)
3. 有顏回者好學,不遷怒,不二過,不幸短命死矣。今也則無。(論語‧雍也)
4. 子曰:聽訟吾猶人也;必也使無訟乎!(論語‧顏淵)
5. 古也墓而不墳。(禮記‧檀弓)

不能把"也"字的這種停頓作用誤認為提示。不信的話,試以上列例句和 13.6 節"者"字的例句比較一下就可以知道。"也"和"者"是不能互相代替的,可見兩者的作用不同。而且在

是故易也者,志吾心之陰陽消息者也;書也者,志吾心之紀綱政治者也;詩也者,志吾心之歌咏性情者也。(王守仁,尊經閣記)

這個例子中,"者"和"也"並用,"者"字在後表示提示,"也"字在後表示斷定語氣,就格外明顯。

另外,"也"字也可以代"耶"。如:

1. 仁者,雖告之曰:井有仁(人)焉,其從之也?(論語‧雍也)
2. 國君去其國,止之曰:奈何去社稷也?(禮記‧曲禮下)
3. 吾焉用此?以此賈害也?(左傳‧桓公十年)
4. 子張問:十世可知也?(論語‧為政)
5. 不識臣之力也?抑君之力也?(韓非子‧説難二)
6. 以我為君子也,君子安可無敬也?以我為暴人也,暴人安可侮也?(韓非子‧説林下)

　　（二）"矣"字的主要作用是放在句尾用肯定語氣表示已然的
事實或狀態。如：

　　1. 使子路反見之，至則行矣。（論語‧微子）

　　2. 公將鼓之，劌曰：未可。齊人三鼓，劌曰：可矣。（左傳‧
　　　　莊公十年）

　　3. 嬰最不肖，故直使楚矣。（晏子春秋‧內篇雜下）

　　4. 今日病矣，予助苗長矣。（孟子‧公孫丑上）

　　5. 故令人持璧歸，間至趙矣。（史記‧廉頗藺相如列傳）

　　6. 噲曰：此迫矣，臣請入，與之同命。（史記‧項羽本紀）

　　7. 諸葛亮謂劉備曰：事急矣，請奉命求救於孫將軍。（通鑒‧
　　　　赤壁之戰）

　　8. 二賊得我，我幸皆殺之矣。（柳宗元，童區寄傳）

"矣"字也可以表示事理之必然，或表示堅定的意見乃至命令。
如：

　　1. 事父母能竭其力；事君能致其身；與朋友交，言而有信：
　　　　雖曰未學，吾必謂之學矣。（論語‧學而）

　　2. 天下之不助苗長者寡矣。（孟子‧公孫丑上）

　　3. 雖與之俱學，弗若之矣。（孟子‧告子上）

　　4. 天之於民厚矣。（列子‧説符）

　　5. 大王必欲急臣。臣頭今與璧俱碎於柱矣。（史記‧廉頗藺相如
　　　　列傳）

　　6. 誠如是，則霸業可成，漢室可興矣。（三國志‧諸葛亮傳）

　　7. 今將軍外託服從之名，而內懷猶豫之計，事急而不斷，禍
　　　　至無日矣。（通鑒‧赤壁之戰）

8. 往矣！吾將曳尾於塗中。(莊子·秋水)

和"矣"字作用相同的還有"已"字。如：

1. 予往已。(書·洛誥)

2. 夫神農以前，吾不知已。(史記·貨殖列傳)

3. 古布衣之俠，靡得而聞已。(史記·遊俠列傳)

4. 吳楚舉大事而不求劇孟，吾知其無能為已。(漢書·遊俠傳)

"矣"字也可以放在逗尾表示停頓。如：

1. 漢之廣矣，不可泳思；江之永矣，不可方思。(詩·漢廣)

2. 爾之遠矣，民胥然矣；爾之教矣，民胥傚矣。(詩·角弓)

3. 惡不仁者，其為仁矣，不使不仁者加乎其身。(論語·里仁)

13.3 語末助詞"焉"、"耳"(爾)

(一)"焉"字的主要作用是放在句尾表示決定，語氣介於"也""矣"之間，但"也""矣"的語氣比較徑直，"焉"字的語氣比較宛轉，微有咏歎之意，和白話的"呢"字相似。如：

1. 內和而外順，則民瞻其顏色而弗與爭也；望見其容貌民不生易慢焉。(禮記·樂記)

2. 見善，恐不得與焉，見不善，恐其及己也。(大戴禮·曾子立事)

3. 此百世之怨，而趙之所羞，而王弗知惡焉。(史記·平原君虞卿列傳)

4. 既已存亡生死矣，而不矜其能，羞伐其德，蓋亦有足多者焉。(史記·遊俠列傳——"存""生"兩字作致動用。)

5. 及至秦之季世，焚詩書，坑術士，六藝從此缺焉。(史記·儒林列傳)

6. 王笑曰：聖人非所與熙（嬉）也，寡人反取病焉。(**晏子春秋·內篇雜下**)

7. 寒暑易節，始一反焉。(**列子·湯問**)

8. 募有能捕之者，當其租入。永之人爭奔走焉。(**柳宗元，捕蛇者說**)

9. 故為之說，以俟夫觀人風者得焉。(**柳宗元，捕蛇者說 ——"人風"即"民風"。**)

10. 使來者讀之，悲予志焉。(**文天祥，指南錄後序**)

"焉"字也可以放在逗尾表示停頓。如：

1. 民之服焉，不亦宜乎！(**左傳·昭公三十二年**)

2. 於其出焉，使公子彭生送之；於其乘焉，搚幹而殺之。(**公羊傳·莊元年**)

3. 且以五帝之聖焉而死，三王之仁焉而死，五伯之賢焉而死，烏獲、任鄙之力焉而死，成荊、孟賁、王慶忌、夏育之勇焉而死：死者，人之所必不免也。(**史記·范睢蔡澤列傳**)

"焉"字也可以用在詞或介賓結構後表示小停頓。這時是否已變為詞尾，可以活看。如：

1. 於是焉河伯欣然自喜。(**莊子·秋水**)

2. 其心休休焉，其如有容。(**書·秦誓**)

3. 我心憂傷，惄焉如擣。(**詩·小弁**)

4. 三難異科，雜焉同會。(**漢書·谷永傳**)

5. 昔者有饋生魚於鄭子產，子產校人畜之池。校人烹之。反命曰：始舍之，圉圉焉，少則洋洋焉，悠然而逝。(**孟子·萬章上**)

6. 少焉，月出於東山之上，徘徊於斗牛之間。(**蘇軾，前赤壁賦**)

(二)"耳"(爾）字的作用是放在句尾表示限止，和白話的"罷了"相當。如：

1. 白起，小豎子耳。(史記・平原君虞卿列傳)

2. 從此道至吾軍，不過二十里耳。(史記・項羽本紀)

3. 田橫，齊之壯士耳，猶守義不辱。(通鑒・赤壁之戰)

4. 老賊欲廢漢自立久矣，徒忌二袁、呂布、劉表與孤耳。(通鑒・赤壁之戰)

5. 不崇朝而徧雨乎天下者，唯泰山爾。(公羊傳・僖三十一年)

6. 莊王圍宋，軍有七日之糧爾。盡此不勝，將去而歸爾。(公羊傳・宣十五年)

"耳"字可能是由"而已"兩字縮合而成，所以前人也説："急言為一，緩言為二"。如：

7. 夫子之道，忠恕而已矣。(論語・里仁)

8. 臣乃今日請處囊中耳。使遂蚤得處囊中，乃穎脱而出，非特其末見而已。(史記・平原君虞卿列傳)

9. 就與孫劉不平，不過令吾不作三公而已。(三國志・辛毗傳)

13.4　語末助詞"乎"、"耶"(邪)、"歟"(與)、"為"

"乎"字單純表示疑問；"耶"(邪）字表示疑問，同時帶有幾分推測或驚訝成分；"歟"(與）字表示半信半疑並有幾分咏歎的意味。

"乎"字例，如：

1. 子路問曰：子見夫子乎？(論語・微子)

2. 王視晏子曰：齊人固善盜乎？(晏子春秋・內篇雜下)

3. 吾與汝畢力平險，指通豫南，達於漢陰，可乎？（列子‧湯問）

4. 料大王士卒足以當項王乎？（史記‧項羽本紀）

5. 壯士，能復飲乎？（史記‧項羽本紀）

"耶"（邪）字例，如：

1. 不知天之棄魯邪？抑魯君有罪於鬼神故及此也？（左傳‧昭公二十六年）

2. 王曰：齊無人耶？（晏子春秋‧內篇雜下）

3. 上曰：將軍怯邪？（史記‧袁盎鼂錯列傳）

4. 上召布罵曰：若與彭越反邪？（史記‧季布欒布列傳）

5. 君何不從容為上言邪？（史記‧季布欒布列傳）

"歟"（與）字例，如：

1. 子貢問：師與商也孰賢？子曰：師也過，商也不及。曰：然則師愈與？曰：過猶不及。（論語‧先進）

2. 誰與，哭者？（禮記‧檀弓）

3. 且以文王之德，百年而後崩，猶未洽於天下，武王、周公繼之，然後大行，今言王若易然，則文王不足法與？（孟子‧公孫丑上）

4. 惠帝怪相國不治事，以為豈少朕與？（史記‧曹相國世家）

5. 子非三閭大夫歟？何故而至此？（史記‧屈原賈生列傳）

"為"字表示疑問，常與疑問代詞或疑問副詞同用。如：

1. 棘成子曰：君子質而已矣，何以文為？（論語‧顏淵）

2. 子曰：誦詩三百，授之以政，不達；使於四方，不能專對；雖多，亦奚以為？（論語‧子路）

3. 奚以之九萬里而南為？（莊子‧逍遙遊——以，用也。）

4. 何故深思高舉，自令放為？（楚辭‧漁夫）

5. 惡用是鶃鶃者為哉？（孟子・滕文公下）

6. 我何以湯之聘幣為哉？（孟子・萬章上）

從上面這些例子看來，"為"字是否為助詞，尚待研究。《馬氏文通》及黎氏《比較文法》均不作助詞解。楊樹達、楊伯俊等人則主張為助詞。

要注意的是，表示疑問，除用疑問助詞之外，也可以用其他手段。例如用疑問代詞"何""孰"等。這時，是否再用疑問助詞就不一定了。如：

1. 既富矣，又何加焉？（論語・子路）

2. 兩小兒笑曰：孰為（謂）汝多知乎？（列子・湯問）

3. 王若隱其無罪而就死地，則牛羊何擇焉？（孟子・梁惠王上
——"隱"，憐也。）

4. 客何為者也？（史記・平原君虞卿列傳）

5. 如今人方為刀俎，我為魚肉，何辭為？（史記・項羽本紀）

6. 先生處勝之門下，幾年於此矣？（史記・平原君虞卿列傳）

7. 苟如君言，劉豫州何不遂事之乎？（通鑒・赤壁之戰）

8. 其辱人賤行，視五人之死，輕重固何如哉？（張溥，五人墓碑記）

9. 安能屈豪杰之流，扼腕墓道，發其志士之悲哉？（張溥，五人墓碑記）

也可以並列幾種情況，令人選擇，即構成所謂選擇問。如：

1. 子禽問於子貢曰：夫子至於是邦也，必聞其政。求之歟？抑與之歟？（論語・學而）

2. 人皆謂我毀明堂。毀諸？已乎？（孟子・梁惠王下）

3. 仲子所居之室，伯夷之所築與？抑亦盜跖之所築與？（孟子・滕文公下）

4. 豈吾相不當侯邪？且固命也？（史記・李將軍列傳）

5. 足下欲助秦攻諸侯乎？且欲率諸侯破秦也？（史記・酈生陸

賈列傳）

作反詰問時，往往要用表示反詰的語氣副詞"豈"字之類。如：

1. 王如用予，則豈徒齊民安，天下之民舉安。（孟子・公孫丑下）

2. 巨屨小屨同賈（價），人豈為之哉？（孟子・滕文公上）

3. 且遂聞湯以七十里之地王天下，文王以百里之壤而臣諸

侯，豈其士卒眾多哉？（史記・平原君虞卿列傳）

4. 日夜望將軍至，豈敢反乎？（史記・項羽本紀）

但"豈"字不一定專表示反詰，也可以表示推度，這是要注意

的。如：

1. 君豈有斗升之水而活我哉？（莊子・外物）

2. 將軍豈有意乎？（國策・燕策）

3. 今吾且死，而侯生曾無一言半辭送我，我豈有所失哉？（史

記・魏公子列傳）

4. 家豈有冤，欲言事乎？（漢書・卜式傳）

13.5　語末助詞"哉"、"夫"、"兮"

這三個助詞都有感歎的作用，特別是"哉"和"夫"感歎作

用較強。

"哉"字例，如：

1. 孝哉閔子騫！（論語・先進）

2. 南宮适出。子曰：君子哉若人，尚德哉若人。（論語・憲問）

3. 上怒曰：烹之！通曰：嗟呼！冤哉烹也！（史記・淮陰侯列傳）

4. 言未既，有笑於列者，曰：先生欺余哉！（韓愈，進學解）

5. 嗚呼！亦盛矣哉！（張溥，五人墓碑記）

"夫"（古音讀如巴，即口語之"罷"）字例，如：

1. 子在川上曰：逝者如斯夫！不舍晝夜。（論語·子罕）

2. 南人有言曰："人而無恒，不可以作巫醫。"善夫！（論語·
   子路）

3. 仁夫，公子重耳！（禮記·檀弓）

4. 翟公乃大署其門曰：一死一生，乃知交情；一貧一富，乃
   知交態；一貴一賤，交情乃見。汲鄭亦云，悲夫！（史記·
   汲鄭列傳）

"兮"（古音讀ɑ）字也有幾分感歎作用，但更大的作用是調
整節奏，多用於詞賦。如：

1. 彼君子兮，不素餐兮。（詩·伐檀）

2. 葛之覃兮，施於中谷。（詩·葛覃）

3. 螽斯羽，詵詵兮；宜爾子孫，振振兮。（詩·螽斯）

4. 長太息以掩涕兮，哀民生之多艱！（楚辭·離騷）

5. 皇天之不純命兮，何百姓之震愆？民離散而相失兮，方仲
   春而東遷。（楚辭·哀郢）

可注意的是不用"哉""夫"等字，句子仍可以用其他辦法表
示感歎。如：

1. 惡！是何言也！（孟子·公孫丑上）

2. 甚矣，子之不惠！（列子·湯問）

3. 於是高帝曰：吾乃今日知為皇帝之貴也！（史記·劉敬叔孫通
   列傳）

4. 嗟呼！師道之不傳也久矣！欲人之無惑也難矣！（韓愈，師說）

13.6　其他語末助詞

（一）先説“者”字。“者”字本來不是語末助詞，所以有一些不同於語末助詞的特點。“者”字的主要功能是提示作用，這種提示作用可以説是從指示代詞發展而來的。如：

1. 仁者，人也；義者，宜也。（禮記・中庸）
2. 陳嬰者，故東陽令史。（史記・項羽本紀）
3. 童寄者，郴州蕘牧兒也。（柳宗元，童區寄傳）
4. 東谷者，古謂之天門谿水，余所不至也。（姚鼐，登泰山記）

就上面這些例子看來，“者”字的作用在於提出陳述對象來進行陳述，就十分明顯。提出陳述對象來進行陳述，當然不限於判斷，也可以進行敍述、描寫。如：

5. 北山愚公者，年且九十，面山而居。（列子・湯問）
6. 呂公者，好相人。（史記・高祖本紀）
7. 有蔣氏者，專其利三世矣。（柳宗元，捕蛇者説）

也可以用以提出問題，對這問題進行申述、説明。如：

8. 臣所以去親戚而事君者，徒慕君之高義也。（史記・廉頗藺相如列傳）
9. 漢王所以具知天下厄塞、户口多少、強弱之處、民所疾苦者，以何具得秦書也。（史記・蕭相國世家）

“者”字的提示作用進一步發展，也可以表示假定條件，和白話中的“……的話”正相似。如：

1. 子謂子賤，君子哉若人。魯無君子者，斯焉取斯？（論語・公冶長——魯國如果沒有君子的話，這人從哪裏得到這樣的品德呢？）
2. 如復見文者，必唾其面而大辱之。（史記・孟嘗君列傳）

3. 伍奢有二子,不殺者,為楚國患。(史記·楚世家)

(二) 再說"然"字。例如:

1. 無若宋人然。(孟子·公孫丑上)

2. 予豈若是小丈夫然哉?(孟子·公孫丑下)

3. 今言王若易然。(孟子·公孫丑下)

4. 木若以美然。(孟子·公孫丑下 —— 木料像是過美了點兒。)

5. 善養生者,若牧羊然,視其後者而鞭之。(莊子·達生)

6. 其視殺人若艾草菅然。(漢書·賈誼傳)

"然"字也可以放在象詞或副詞後,為其詞尾。如:

1. 惠然肯來。(詩·終風)

2. 吾黨之小子狂簡,斐然成章,不知所以裁之。(論語·公冶長)

3. 子夏曰:君子有三變:望之儼然,即之也温,聽其言也厲。(論語·子張)

4. 天油然作雲,沛然下雨,則苗浡然興之矣。(孟子·梁惠王上)

5. 曾西艴然不悦。(孟子·公孫丑上)

(三) "若"字也可以用為詞尾。如:

1. 桑之未落,其葉沃若。(詩·氓)

2. 國有道,則突若入焉;國無道,則突若出焉。(大戴禮·曾子制言)

3. 愀然改容,超若自失。(史記·司馬相如列傳)

4. 遠而望之,奂若也;近而視之,瑟若也。(説文·玉部)

(四) "如"字也可以看作詞尾。如:

1. 婉如清揚。(詩·野有蔓草)

2. 子之燕居,申申如也,天天如也。(論語·述而)

3. 孟子於鄉黨,恂恂如也。朝與下大夫言,侃侃如也;與上

大夫言，誾誾如也。君在，踧踖如也，與與如也。君召使
擯，色勃如也，足躩如也。(論語·鄉黨)

4. 孔子三月無君則皇皇如也。(孟子·滕文公下)

5. 天下晏如也。(史記·司馬相如列傳)

(五)"爾"。説文云：爾，詞之必然也。表決定之意，即白
話"呢"字。如：

1. 君若用臣之謀，則今日取郭而明日取虞爾。(公羊傳·僖二年)

2. 莊王圍宋，軍有七日之糧爾。盡此不勝，將去而歸爾。(公
羊傳·宣十五年)

3. 鬱陶思君爾。(孟子·萬章上)

"爾"又同"耳"，為"而已"之合音。如：

1. 唯祭祀之禮，主人自盡焉爾，豈知神之所饗，於彼乎，於
此乎！(禮記·檀弓)

2. 不崇朝而徧雨乎天下者，唯泰山爾。(公羊傳·僖三十一年)

3. 是其為相縣(懸)也，幾直夫芻豢稻粱之縣糟糠爾哉？(荀
子·榮辱)

"爾"字也可以作詞尾。如：

1. 如有所立，卓爾。雖欲從之，末由也已。(論語·子罕)

2. 其在宗廟朝廷，便便言，唯謹爾。(論語·鄉黨)

3. 子路率爾而對。(論語·先進)

4. 夫子莞爾而笑。(論語·陽貨)

5. 嘑爾而與之，行道之人弗受，蹴爾而與之，乞人不屑也。
(孟子·告子上)

(六)"而"。漢書韋賢傳註云：而者，句絶之詞。如：

1. 俟我於著乎而！充耳以素乎而！尚之以瓊華乎而！(詩·著)

2. 已而已而！今之從政者殆而！（論語‧微子）

3. 若敖氏之鬼，不其餒而！（左傳‧宣公四年）

13.7　語末助詞的連用

語末助詞有時可以兩個三個的連用在一起。這時重點往往在後一個。如：

1. 反是不思，亦已焉哉！（詩‧氓）

2. 久矣哉，由之行詐也！（論語‧子罕）

3. 飽食終日，無所用心，難矣哉！（論語‧陽貨）

4. 君子而不仁者有矣夫！（論語‧憲問）

5. 三年之喪，亦已久矣夫！（禮記‧檀弓）

6. 余嘗讀商君《開塞》《耕戰》書，與其人行事相類，卒受惡名於秦，有以也夫！（史記‧商君列傳）

7. 言不忠信，行不篤敬，雖州里行乎哉！（論語‧衛靈公）

8. 董生舉進士，連不得於有司，懷抱利器，鬱鬱適茲土，吾知其必有合也。董生勉乎哉！（韓愈，送董邵南序）

9. 其竊符也。非為魏也，非為六國也，為趙焉耳。（唐順之，信陵君救趙論）

10. 又何往而不金玉其外，敗絮其中也哉！（劉基，賣柑者言）

11. 良醫之子多死於病，良巫之子多死於鬼，豈工於活人而拙於謀子也哉？（方孝孺，深慮論）

12. 夫子之道，忠恕而已矣。（論語‧里仁）

13. 梁惠王曰：寡人之於國也，盡心焉耳矣。（孟子‧梁惠王上）

14. 回也其心三月不違仁，其餘則日月至焉而已矣。（論語‧雍也）

　　值得討論的是"而已矣""焉耳矣""焉而已矣"這幾個例子，竟連用助詞三四個之多。果真有這樣的必要嗎？關鍵是"焉"字和"而已"該怎麼看。"焉"字並不是純然的語氣助詞，而兼有漠指作用，所以前人說"焉"字等於"於是"。但我認為把"焉"字徑譯為"於是"又顯得太呆了，不如只說它有漠指作用空靈一點。"而已"就是"耳"。這樣看來，三個助詞連用就是不能成立的了。

13.8　感歎詞

　　感歎詞在語法中的地位最不重要。一則因為它遊離在句結構之外，和句中其他詞不發生結構關係；再則因為它所表現的是比較模糊的感情，每個感歎詞都難以確說是怎樣的感情，要結合前後文才能作出大概的判斷。再加上感歎詞都是擬音，同一聲音可以寫成不同的字，就更增加了掌握的困難。現在只選擇一些常見的舉例如下：

1. 顏淵死，子曰：噫！天喪予！天喪予！（論語・先進）
2. 慶父聞之，曰：嘻！此奚斯之聲也！（公羊傳・僖元年）
3. 嗟乎！子卿，陵獨何心，能不悲哉！（李陵，答蘇武書）
4. 嗚呼！言可窮而情不可終。汝其知也邪？其不知也邪？嗚呼，哀哉！（韓愈，祭十二郎文）
5. 嗚呼噫嘻！時耶？命耶？從古如斯！（李華，弔古戰場文）
6. 嗟夫！予嘗求古仁人之心，或異二者之為，何哉？（范仲淹，岳陽樓記）

　　　　　　　　　　　　　　　　—— 以上表悲痛或感歎

7. 江半怒曰：呼！役夫！宜君王之欲殺女而立職也。（左傳・文公元年）

8. 孔子曰：惡（wū），賜，是何言也！（荀子・法行）

9. 師曠曰：啞！是非君人者之言也！（韓非子・説難一）

10. 齊威王勃然怒曰：叱嗟！而母婢也！（國策・趙策）

　　　　　　　　　　　　　　—— 以上表憤怒或斥責

11. 曾子聞之，瞿然曰：呼！（禮記・檀弓）

12. 鵷雛仰而視之，曰：嚇！（莊子・秋水）

13. 蔡澤曰：吁！君何見之晚也！（史記・范睢蔡澤列傳）

14. 武帝下車，泣曰：嚄，大姐！何藏久深也！（史記・外戚世家）

　　　　　　　　　　　　　　—— 以上表驚訝

15. 于嗟，麟兮！（詩・麟之趾）

16. 詩云，于戲，前王不忘！（禮記・大學）

17. 鬱鬱三槐，惟德之符，嗚呼休哉！（蘇軾，三槐堂銘）

　　　　　　　　　　　　　　—— 以上表讚歎

18. 從者曰：嘻，速駕！（左傳・定公八年）

19. 黔婁左奉食，右執飲，曰：嗟，來食！（禮記・檀弓下）

20. 先生曰：吁，子來前！（韓愈，進學解）

　　　　　　　　　　　　　　—— 以上表呼喚或命令

第十四章　複句

14.1　複句概述

　　兩個或兩個以上的單句，意思上有聯繫，合起來構成一個比較複雜的句子，並且各個單句又都不做其他單句的任何成分，這樣的句子就叫做複句。複句中的各個單句叫做分句；分句和分句常用一些關聯詞語來連接。關聯詞語一般是連詞或連接副詞。

　　複句裏的分句說的是有關係的事，所以有的分句雖然省去一些成分，也並不影響語意的明確。如有的詞或詞組，本來前後分句都要用的，因為幾個分句連在一起，就可以只在一個分句裏用，另外的分句裏省去不用。這省去的詞或詞組往往是主語。

　　如果複句裏的後一分句省略了已出現在前一分句裏的某一詞語，就叫做"承前省"；如果複句裏的前一分句省略了將出現在後一分句裏的某一詞語，就叫做"蒙後省"。(詳細可參看下一章)

　　分句與分句之間有種種不同的關係，這些關係大致可以分為兩類：(一) 平等關係，(二) 主從關係。複句可以按照這兩種關係分為"等立複句"和"主從複句"。這兩類複句又可以再各分為若干小類。不過關於小類的劃分，各書往往有不少出入，到底怎樣劃分好些，還是一個可以討論的問題。

14.2 等立複句（上）—— 並列、推進、選擇

（一）並列複句 —— 各分句的關係是並列平行的，如：

1. 君子喻於義，小人喻於利。（論語·里仁）

2. 知者不惑，仁者不憂，勇者不懼。（論語·子罕）

3. 宋人既成列，楚人未既濟。（左傳·僖公二十二年）

4. 賊仁者謂之賊，賊義者謂之殘。（孟子·梁惠王下）

5. 七月在野，八月在宇，九月在戶，十月蟋蟀入我牀下。
   （詩·七月）

6. 昔者吾舅死於虎，吾夫又死焉，今吾子又死焉。（禮記·檀弓）

7. 暮投石壕村，有吏夜捉人。老翁逾牆走，老婦出門看。（杜
   甫·石壕吏）

8. 衣食所安，弗敢專也，必以分人。（左傳·莊公十年）

9. 天下之本在國，國之本在家，家之本在身。（孟子·離婁下）

10. 君美甚，徐公何能及君也！（國策·齊策）

11. 臣之妻私臣，臣之妾畏臣，臣之客欲有求於臣，皆以美
    於徐公。（國策·齊策）

12. 趙王與大將軍廉頗諸大臣謀：欲予秦，秦城恐不可得，徒
    見欺；欲勿予，即患秦兵之來。（史記·廉頗藺相如列傳）

以上所列例句，有的是簡單的並列，有的是按時間先後並列，有
的是按邏輯先後並列，有的雖有綜合與分析的關係，但在形式上
也要是並列。

（二）推進複句 —— 分句之間的關係是從句比前句更推進一
層。這時可有順推和反襯兩種情形。如：

1. 非徒無益，而又害之。(**孟子・公孫丑上**)

2. 非獨賢者有是心也，人皆有之。(**孟子・告子上**)

3. 王使榮叔歸含，且賵。(**春秋・文公五年**)

4. 項王怒，欲殺之。項伯曰：天下事未可知；且為天下者不顧家。雖殺之，無益，祇益禍耳。(**史記・項羽本紀**)

5. 曹操之眾，遠來疲乏……且北方之人不習水戰。(**通鑒・赤壁之戰**)

6. 蔓草猶不可除，況君之寵弟乎？(**左傳・隱公元年**)

7. 管仲且猶不可召，而況不為管仲者乎？(**孟子・公孫丑下**)

8. 臣以為布衣之交尚不相欺，況大國乎？(**史記・廉頗藺相如列傳**)

9. 臣死且不避，卮酒安足辭？(**史記・項羽本紀**)

10. 今將軍尚不得夜行，何乃故也？(**史記・李將軍列傳**)

在上列例句中，前五句是順推的，後五句是反襯的。一比較就可以看出，反襯的推進句因為並不把進一層的意思明白說出，往往顯得更有力量。反襯的推進句也有不用"況"字的，這時在上句就必須有"尚""且"等字。

（三）選擇複句──平列幾種情況，使人有所選擇的，叫做選擇複句。如：

1. 子禽問於子貢曰：夫子至於是邦也，必聞其政，求之與抑與之與？(**論語・學而**)

2. 此龜者，寧其死為留骨而貴乎？寧其生而曳尾於塗中乎？(**莊子・秋水**)

3. 秦之攻趙也，倦而歸乎？亡其力尚能進，愛王而不攻乎？(**國策・趙策**)

4. 寧誅鋤草茅以力耕乎？將遊大人以成名乎？(**楚辭・卜居**)

5. 死或重於泰山，或輕於鴻毛。(司馬遷，報任少卿書)

6. 富貴者驕人乎，且貧賤者驕人乎？(史記‧魏世家)

7. 足下欲助秦攻諸侯乎？且欲率諸侯破秦也？(史記‧酈生陸賈列傳)

8. 其竟以此而隕其身乎？抑別有疾而致斯乎？(韓愈，祭十二郎文)

9. 嗚呼！其信然耶？其夢耶？其傳之非其真耶？(韓愈，祭十二郎文)

14.3 等立複句（下）—— 承接、轉折、倚變

（四）承接複句 —— 承接複句有幾種不同情形：有的是依時間順序而承接的；有的是因思想接近而聯及的；有的是下句對上句作解釋或推論的。

依時間順序而承接的例子如：

1. 使子路反見之。至，則行矣。(論語‧微子)

2. 公使陽處父追之。及諸河，則在舟中矣。(左傳‧僖三十三年)

3. 其子趨往視之，苗則槁矣。(孟子‧公孫丑上)

4. 侯生視公子色終不變，乃謝客就車。(史記‧魏公子列傳)

5. 於是項伯復夜去，至軍中，具以沛公言報項王。(史記‧項羽本紀)

6. 由是先主遂詣亮。凡三往，乃見。(三國志‧諸葛亮傳)

7. 既出，得其船，便扶向路，處處誌之。(陶潛，桃花源記)

8. 及郡下，詣太守，說如此。(陶潛，桃花源記)

因思想接近而聯及的例子如：

1. 吾視其轍亂，望其旗靡，故逐之。(左傳‧莊公十年)

2. 羣臣進諫，門庭若市。(國策‧齊策)

3. 相如每朝時，常稱病，不欲與廉頗爭列。(史記‧廉頗藺相如列傳)

4. 陛下用羣臣，如積薪耳，後來者居上。(史記‧汲鄭列傳)

5. 皆叩頭，叩頭且破，額血流地，色如死灰。(史記‧滑稽列傳)

6. 忽逢桃花林，夾岸數百步，中無雜樹，芳草鮮美，落英繽紛。(陶潛，桃花源記)

7. 永州之野產異蛇，黑質而白章。(柳宗元，捕蛇者說)

下句對上句作解釋或推論的例子如：

1. 使狗國者從狗門入，今臣使楚，不當從此門入。(晏子春秋‧內篇雜下)

2. 卒之東郭墦間，之祭者，乞其餘；不足，又顧而之他。此其為饜足之道。(孟子‧離婁下)

3. 日初出滄滄涼涼，及其日中如探湯，此不為近者熱而遠者涼乎？(列子‧湯問)

4. 秦強而趙弱，不可不許。(史記‧廉頗藺相如列傳)

5. 夫以秦王之威，而相如廷叱之，辱其羣臣。相如雖駑，獨畏廉將軍哉？(史記‧廉頗藺相如列傳 —— 前句自成轉折複句，後句又對前句作推論。)

6. 沛公居山東時，貪於財貨，好美姬；今入關，財物無所取，婦女無所幸：此其志不在小。(史記‧項羽本紀 —— 前半為並列複句，末尾作推斷。)

7. 日夜望將軍至，豈敢反乎？(史記‧項羽本紀)

（五）轉折複句 —— 上下句之間在意思上有個轉折的複句叫轉折複句。例如：

1. 見齊衰顏 (zī cuī) 者，雖狎必變。(論語‧鄉黨 —— 見到穿喪服的人，雖然熟識，也一定改變容貌。)

2. 若聖與仁，則吾豈敢，抑為之不厭，誨人不倦，則可謂云爾已矣。(論語‧述而)

3. 子晳信美矣，抑子南，夫也。(左傳‧昭公元年)

4. 其妻問所與飲食者，則盡富貴也，而未嘗有顯者來。(孟子‧離婁下)

5. 此百世之怨，而趙之所羞，而王弗知惡焉。(史記‧平原君虞卿列傳)

6. 此三臣者，豈不忠哉？然而不免於死。(史記‧李斯列傳)

7. 縱江東父兄憐而王我，我何面目見之？(史記‧項羽本紀)

8. 帝復笑曰：卿非刺客，顧說客耳。(後漢書‧馬援列傳)

9. 公幹有逸氣，但未遒耳。(三國志‧吳質傳)

10. 老賊欲廢漢自立久矣，徒忌二袁、呂布、劉表與孤耳。(通鑒‧赤壁之戰)

11. 夕陽無限好，只是近黃昏。(李商隱，登樂遊原)

12. 四海無閒田，農夫猶餓死。(李紳，憫農)

(六) 倚變複句 —— 上句與下句之間有相倚而變的關係。如：

1. 人大畏影惡跡而去之走者，舉足愈數 (shuò) 而跡愈多，走愈疾而影不離身。(莊子‧漁父)

2. 秋風益高，暑氣益衰。(柳宗元，報袁君陳秀才避師名書)

3. 奉之愈謹，信之益深。(夏竦，洪州請斷妖巫疏)

14.4 主從複句（上）—— 時間、原因、目的

（一）時間 —— 從句雖是述說一宗事實，但其作用不過點明或襯出主句的時間。如：

1. 既克，公問其故。（左傳・莊公十年）

2. 令初下，羣臣進諫。（國策・齊策）

3. 少年聞之，愈益慕解之行。（史記・遊俠列傳）

4. 初，魯肅聞劉表卒，言於孫權曰……（通鑒・赤壁之戰）

5. 初一交戰，操軍不利，引次江北。（通鑒・赤壁之戰）

6. 到夏口，聞操已向荊州，晨夜兼道；比至南郡，而琮已降，備南走。（通鑒・赤壁之戰）

7. 自吾氏三世居是鄉，積於今六十歲矣，而鄉鄰之生日蹙。
   （柳宗元・捕蛇者說）

表示兩事在時間上緊接的例子如：

8. 毛先生一至楚，而使趙重於九鼎大呂。（史記・平原君虞卿列傳）

9. 相如一奮其氣，威信（伸）敵國。（史記・廉頗藺相如傳）

10. 每責一頭，輒傾數家之產。（聊齋・促織）

（二）原因 —— 凡表示因果關係的複句，無論語氣重在因或重在果，一律認表因的為從句，表果的為主句。有時從句在前，有時從句在後。從句在前的例子如：

1. 求也退，故進之；由也兼人，故退之。（論語・先進）

2. 其言不讓，是故哂之。（論語・先進）

3. 雖不信，故質其子。（左傳・昭公二十年）

4. 彼竭我盈，故克之。吾視其轍亂，望其旗靡，故逐之。（左傳・莊公十年）

5. 嬰最不肖，故直使楚矣。(晏子春秋·內篇雜下)

6. 玉不琢，不成器；人不學，不知道：是故古之王者建國君民，教學為先。(禮記·學記)

7. 當是時，諸侯以公子賢多客，不敢加兵謀魏者十餘年。(史記·魏公子列傳)

8. 漢敗楚，楚以故不能過滎陽西。(史記·項羽本紀)

9. 十餘萬人皆入睢水，睢水為之不流。(史記·項羽本紀)

10. 高帝已定天下，為中國勞苦，故釋佗弗誅。(史記·南越尉佗列傳)

從句在後的例子如：

1. 紂之不善，不如是之甚也。是以君子惡居下流，天下之惡皆歸焉。(論語·子張 —— 單就下句言，"天下之惡皆歸焉"為因，"君子惡居下流"為果。)

2. 然則一羽之不舉，為不用力焉；輿薪之不見，為不用明焉。(孟子·梁惠王上)

3. 士不可以不弘毅，任重而道遠。(論語·泰伯)

4. 強秦之所以不敢加兵於趙者，徒以吾兩人在也。(史記·廉頗藺相如列傳)

5. 臣所以去親戚而事君者，徒慕君之高義也。(史記·廉頗藺相如列傳)

6. 秦皇帝大怒，大索天下，求賊甚急，為張良故也。(史記·留侯世家)

7. 孔子罕稱命，蓋難言之也。(史記·外戚世家)

8. 又荊州之民附操者，偪兵勢耳。（**通鑒・赤壁之戰**）

9. 出二子命之曰：鼻以上畫有光，鼻以下畫大姊，以二子肖母也。（**歸有光，先妣事略**）

（三）目的——以行為和行為的目的構成複句時，一律以表示行為的分句為主句，以表示目的的分句為從句。如：

1. 楚人伐宋，以救趙。（**左傳・僖公二十二年**）

2. 敢盡在之執事，俾執事實圖利之。（**左傳・成公十三年**）

3. （沛公）還軍霸上，以待大王來。（**史記・項羽本紀**）

4. 三十日不還，則請立太子為王，以絕秦望。（**史記・廉頗藺相如列傳**）

5. 故捨汝而旅食京師，以求斗斛之祿。（**韓愈，祭十二郎文**）

6. 後之人與我同志，嗣而葺之，庶斯樓之不朽也。（**王禹偁，黃岡竹樓記**）

7. 立石於其墓之門，以旌其所為。（**張溥，五人墓碑記**）

8. 君姑修政而親兄弟之國，庶免於難。（**左傳・桓公六年**）

14.5　主從複句（中）——假設、條件

（四）假設——從句表示假定的原因或條件。如：

1. 予所否者，天厭之！天厭之！（**論語・雍也**——我若有不是處，天厭棄我！天厭棄我！"所"字在上古常用於誓詞。）

2. 如有周公之才之美，使驕且吝，其餘不足觀也已。（**論語・泰伯**）

3. 所不此報，無能涉河！（**左傳・宣公十七年**——若不報此仇，就不能再過此河！）

4. 公子若反晉國，則何以報不穀。(左傳・僖公二十三年)

5. 自非聖人，外寧必有內憂。(左傳・成公十六年)

6. 如知其非義，斯速已矣，何待來年？(孟子・滕文公下)

7. 誠如是也，民歸之，由（猶）水之就下，沛然誰能禦之？
（孟子・梁惠王上）

8. 當（倘）使虎豹失其爪牙，則人必制之矣。(韓非子・人生)

9. 城不入，臣請完璧歸趙。(史記・廉頗藺相如列傳)

10. 沛公不先破關中，公豈敢入乎？(史記・項羽本紀)

11. 公徐行即免死，疾行則及禍。(史記・項羽本紀)

12. 且使我有洛陽負郭田二頃，吾豈能佩相印乎？（史記・蘇秦列傳）

（五）條件——從句表示條件。條件有三種（a）積極的，（b）消極的，（c）無條件的。(部分例句易與假設相混)

1. 用命，賞于祖；弗用命，戮于社。(書・甘誓)

2. 眾惡之，必察焉；眾好之，必察焉。(論語・衛靈公)

3. 不憤不啟，不悱不發，舉一隅不以三隅反，則不復也。(論語・述而)

4. 仁則榮，不仁則辱。(孟子・公孫丑上)

5. 思則得之，不思則不得也。(孟子・告子上)

6. 必以長安君為質，兵乃出。(國策・趙策)

7. 士卒不盡飲，不近水；不盡餐，不嘗食。(史記・李將軍列傳)

8. 王必無人，臣願奉璧往。(史記・廉頗藺相如列傳)

9. 今不急下，吾烹太公。(史記・項羽本紀)

10. 事無小大，悉以咨之。(諸葛亮，前出師表)

11. 臣無祖母，無以至今日；祖母無臣，無以終餘年。(**李密，
陳情表**)

12. 任是深山更深處，也應無計避征徭。(**杜荀鶴，山中寡婦**)

13. 春無蹤跡誰知？除非問取黃鶯。(**黃庭堅，清平樂**)

14.6　主從複句 (下) ── 讓步、比較

(六) 讓步 ── 從句和主句立於相反的地位，從句表示對於
某一事實的容認，主句則說出相反的意見。如：

1. 雖無老成人，尚有典刑。(**詩·蕩**)

2. 果能此道矣，雖愚必明，雖柔必強。(**禮記·中庸**)

3. 哀則哀矣，而難為繼也。(**禮記·檀弓**)

4. 智襄為室美，士茁夕焉。智伯曰：室美夫！對曰：美則美
矣，抑臣亦有懼也。(**國語·晉語**)

5. 民欲與之偕亡，雖有臺池鳥獸，豈能獨樂哉？(**孟子·梁惠王上**)

6. 齊國雖褊小，吾何愛一牛？(**孟子·梁惠王上**)

7. 一簞食，一豆羹，得之則生，弗得則死。嘑爾而與之，行
道之人弗受；蹴爾而與之，乞人不屑也。(**孟子·告子上 ──
兩句之間加 "雖然"，就顯然是讓步句了。**)

8. 楚雖有大富之名，而實空虛；其卒雖多，然而輕走易北。
(**史記·張儀列傳**)

9. 使其中有可欲者，雖錮南山猶有郤。(**史記·張釋之馮唐列傳**)

10. 門雖設而常關。(**陶潛，歸去來辭**)

11. 今雖死乎此，比吾鄉鄰之死則已後矣。(**柳宗元，捕蛇者說**)

12. 雖雞犬不得寧焉？(**柳宗元，捕蛇者說**)

（七）比較 —— 兩事相較，非同則異。異則自然有所取捨。

1. 以若所為求若所欲，猶緣木而求魚也。（孟子・梁惠王上）

2. 秦，形勝之國……地勢便利，其以下兵於諸侯，譬猶居高屋之上建瓴水也。（史記・高祖本紀）

3. 今吳之有越，猶人之有腹心之疾也。（史記・伍子胥列傳）

4. 士趨矢石，如渴得飲。（史記・貨殖列傳）

5. 今漢王慢而侮人，罵詈諸侯羣臣如罵奴耳。（史記・魏豹彭越列傳）

6. 且爾與其從辟人之士也，豈若從辟世之士哉？（論語・微子）

7. 從天而頌之，孰與制天命而用之？（荀子・論天）

8. 禮，與其奢也，寧儉。（論語・八佾）

9. 喪禮，與其哀不足而禮有餘也，不若禮不足而哀有餘也；祭禮，與其敬不足而禮有餘也，不若禮不足而敬有餘也。（禮記・檀弓）

10. 寧為雞口，無為牛後。（國策・韓策）

11. 寧見乳虎，無值寧成之怒。（史記・酷吏列傳）

12. 寧我負人，無人負我。（三國志・魏武帝紀注）

14.7 多重複句

前面分析複句的各種類型，一般都是用只包含兩個分句的複句為例來進行的。而事實上有些複句所包含的往往不止兩個分句，而是三個、四個，甚至更多的分句。這時候，分句和分句之間的關係也不會限於一種。因此分析這樣的複句就不能一次分析清楚，而是要一層一層分析。儘管分析起來要多費一些手續，但只要掌握了複句的各種類型，分析起來也並無多大困難。

不過，在分析古代文言文複句時，有幾件事必須特別提出請大家注意：(一) 在古代文言文中，分句與分句之間的關係，往往沒有連詞作為指示，完全要靠讀者就上下文來判斷，因而就容易發生各人判斷不同的現象。(二) 古代文言文中"省略"現象很突出，有時不僅省略單詞，甚至會省略一個分句。若不補出所省略的分句，則分句與分句之間就會有脫節現象。(三) 由於各分句的主語時有更換，於是幾個分句之間就會有互相糾纏不清的情況，所以在分析時不能按照分析白話文一樣，只用短線把分句隔開並注明關係了事，有時還得另用辦法把這種糾纏指出。

現在試從《左傳》和《國策》中選若干例子，進行分析如下：

1. 晉侯、秦伯圍鄭，|以其無禮於晉，|且貳於楚也。(**左傳·**
   僖公三十年) 　　(原因)　　　　　(推進)

2. 擐甲執兵，|固即死也；|病未及死，|吾子勉之。(**左傳·成公二年**)
   　　(目的)　　(承接)　　(條件)

3. 君子謂奚祁於是能舉善矣。|稱其讎，|不為諂；|立其子，
   　　　　　　　　　　　　(承接)　(讓步)　(並列)

   |不為比；|舉其偏，|不為黨。
   (讓步)　(並列)　　(讓步)

   (**左傳·襄公三年 —— 兩句之間雖用了句號，但在意思上有關聯，故仍依複句分析。**)

4. 若(秦) 舍鄭以為東道主，|行李之往來，|(鄭) 共其乏困，
   　　　　　　　　　　　(假設)　　　　(時間)

   |君亦無所害。(**左傳·僖公三十年**)
   (因果)

218

5. 爾貢包茅不入，｜王祭不共，｜無以縮酒，寡人是徵；｜昭王
（並列）　（困果）　（並列）

南征而不復，寡人是問。

（左傳‧僖公四年──"寡人是徵""寡人是問"是兩個並列句；句中兩
個"是"字是本位成分，其外位成分有如︵︶所示。"無以縮酒"的主語
是"寡人"，蒙後省。）

6. 姜氏何厭之有？（　）｜不如早為之所，｜無使滋蔓，｜蔓
（抉擇取捨）　　　　（目的）　　　（原因）

難圖也。

（左傳‧隱公公元年──"不如早為之所"之前應補"與其依從姜氏之意"。）

7. 我聞忠善以損怨，｜不聞作威以防怨。（　）豈不遽止，｜然猶
（並列）　　　　　　　　　　　　（轉折）

防川：大決所犯，傷人必多，吾不克救也；｜不如小決使導，不如
（比較）

吾聞而藥之也。

（左傳‧襄公三十一年──"豈不遽止"之前應補"作威以防怨，則怨"。
冒號後"大決……不如……不如……也"是對"猶防川"的解釋，兩"不
如"並列。）

8. 彼秦者，棄禮義而上首功之國也，｜權使其士，｜虜使其
（承接）　　　（並列）

民；彼則肆然而為帝，｜過而正於天下，｜則連有赴東海而
（承接）　　　　（假設）

死耳，｜吾不忍為之民也。
（原因）

（國策‧趙策──"虜使其民"後實應斷句。）

第十五章　省略

15.1　省略

一個句子應該具備的成分或詞語因某種原因省去了的時候，我們稱之為省略。省略的原因有：（一）具體的語言環境，（二）上下文，（三）習慣。

在人們當面談話的時候，靠具體語言環境的幫助，有時可以把一句話的許多成分同時省去，甚至只留下一個關鍵性的詞語。這樣的省略叫做"對話省"。

當一個人寫文章的時候，就不能靠具體語言環境的幫助大量省略句成分了，但這時仍可以靠上下文的幫助，把句子成分省去一些。這時候，因緊接前文而採取的省略叫做"承前省"，因緊接後文而採取的省略叫做"蒙後省"。"承前省"有時不僅省去一句話中的某些成分，還可以省去成句的話。例如在

> 姜氏何厭之有？不如早為之所，無使滋蔓，蔓難圖也。
>
> （左傳・隱公元年）

這個句子裏，"不如……"之前就缺少半句話，就上下文來看，應該能看出所缺少的是"與其依從姜氏之意"。這樣補足之後，文章就顯豁了。又例如在

> 我聞忠善以損怨，不聞作威以防怨。豈不遽止？然猶防川……
>
> （左傳・襄公三十一年）

這個句子裏，"豈不遽止"之前也顯然缺少了東西。所缺的並不單單是一個"怨"字，因為只添了一個"怨"字是不夠的，必須重複"作威以防怨"之後再加"怨"字，句意才算明白。照這樣，成句的省略，在對話中也是有的。

除"對話省"、"承前省"或"蒙後省"之外，還有其他一些習慣上的省略。例如一個人記日記講到本身時，習慣上往往把充當主語的"我"字省；在寫信給家屬、親戚、朋友時，習慣上也會把代表自己和對方的人稱代詞省去；在格言、諺語中常常沒有主語，因為格言、諺語是泛就一般人說的。像這樣的省略可以統稱為"習慣省"。

15.2　對話省

對話省不僅比較常見，而且也省略得最厲害。如：

1. 曰：（　）學詩乎？曰：（　）未（　）也。（**論語・季氏 —— 省"汝"、"我"、"學"。**）

2. 子曰：（　）食夫稻，（　）衣夫錦，（　）於汝安乎？（**論語・陽貨 —— 省"汝"與"此"。**）

3. （　）欲與大叔，臣請事之；（　）若弗與，則（　）請除之。（**左傳・隱公元年 —— 省"君"與"臣"。**）

4. 王曰：賢者亦有此樂乎？孟子對曰：（　）有（　）。（**孟子・梁惠王下 —— 不消應為"賢者亦有此樂"。**）

5. 然則廢釁鐘與？曰：（　）何可廢也。（**孟子・梁惠王上 —— 省"釁鐘"。**）

6. 豎子請曰：其一能鳴，其一不能鳴，（　）請奚殺？主人曰：( ) 殺不能鳴者。(莊子 • 山木 —— 省"我""汝"。)

7. 平原君曰：先生處勝之門下，幾年於此矣？毛遂曰：( )
   三年於此矣。(史記 • 平原君虞卿列傳 —— 省"遂處公子門下"。)

8. 孺子！( ) 下，( ) 取履！(史記 • 留侯世家 —— 省"汝""汝
   為我"。)

9. 兄見之，驚曰：( ) 將何作？答云：( ) 將助樵。(聊
   齋 • 張誠 —— 省"汝""我"。)

15.3 承前省

承前省也比較常見，而且會引起不少問題，如：

1. 原思為之宰，與之粟九百，( ) 辭。(論語 • 雍也 —— "辭"
   字前當補"原思"，是無問題的；但"九百"後無量詞，是否能認為省略，
   就成問題了。)

2. 夏禮吾能言之，杞不足徵也，殷禮吾能言之，宋不足徵
   也；文獻不足故也。( ) 足，則吾能徵之矣。(論語 • 八佾
   —— 省"文獻"。)

3. 人皆有兄弟，我獨無 ( )。(論語 • 顏淵 —— 省"兄弟"。)

4. 子曰：隱者也。使子路反見之。( ) 至，則 ( ) 行矣。
   (論語 • 微子 —— 省"子路""隱者"。)

5. 郤子至，請伐齊，晉侯弗許，( ) 請以其私屬 ( )，
   ( ) 又弗許。(左傳 • 宣公十七年 —— 省"郤子""伐齊""晉侯"。)

6. 一鼓作氣，再 ( ) 而衰，三 ( ) 而竭。(左傳 • 莊公十
   年 —— 省"鼓"字。)

7. 楚人為食,吳人及之。(　)奔,(　)食而從之。(左傳·
定公四年 —— 省"楚人""吳人"。)

8. 助之長者,揠苗者也。(　)非徒無益,而又害之。(孟
子·公孫丑上 —— 省"揠苗助長"。)

9. 父母使舜完廩,(　)捐階,瞽瞍焚廩。(　)使(　)浚
井,(　)出,(　)從而揜之。(孟子·萬章上 —— 這一段文
章敍述舜父母害舜的故事,如何補足,就很成問題。)

10. 王不待大,湯以七十里(　),文王以百里(　)。(孟子·公
孫丑上 —— 省"王"字。)

11. 景公問於晏子:治國何患?對曰:患夫社鼠。夫國亦有
(　)焉,人主左右是也。(晏子春秋·問上 —— 省"社鼠"。)

12. 醫和曰:上醫醫國,其次(　)疾,固醫官也。(國語·晉
語 —— 省"醫"字。)

13. 旦日,客從外來,(　)與坐談,(　)問之曰:吾與徐公
孰美?(國策·齊策 —— 省鄒忌之名)

14. 上已撓功臣,多封蕭何。至位次,未有(　)以復難之,
然心欲何第一。(史記·蕭相國世家 —— 按文意當補"醻"字。)

15. 其友識之,曰:汝非豫讓邪?曰:我(　)是也。(史記·
刺客列傳 —— 補足當作"我豫讓是也",若作"我是豫讓也",乃後代
律法。)

16. 陛下雖得廉頗、李牧,弗能用(　)也。(史記·張釋之馮唐
列傳 —— 省"之"字。)

17. 為客治飯而自(　)藜藿。(淮南子·説林 —— 補"治"字呢?
補"食"字呢?)

18. 山有小口,(　)髣髴若有光,便捨船從口入,(　)初

極狹，才通人。(陶潛，桃花源記 —— 省"小口"及"口"。)

19. 永州之野產異蛇，（　　）黑質而白章，（　　）觸草木，
（　　）盡死。(柳宗元，捕蛇者説 —— 省"異蛇""草木"。)

20. 前年予病，汝終宵刺探，（　　）減一分則（　　）喜，（　　）
增一分則（　　）憂。(袁枚，祭妹文 —— 省"病"及"汝"。)

15.4　蒙後省

蒙後省的例子雖然比較少些，但正因蒙後而省，所以倒會造
成理解上的困難。如：

1. 七月（　　）在野，八月（　　）在宇，九月（　　）在户，十月
蟋蟀入我牀下。(詩・七月 —— 省"蟋蟀"。)

2. 躬自厚（　　）而薄責於人，則遠怨矣。(論語・衛靈公 —— 省
"責"字。)

3. 雖微晉（　　）而已；天下其孰能當之？(禮記・檀弓
—— "雖"，豈也。意思是説豈但晉不能當而已。)

4. 楊子之鄰亡其羊，既率其黨（　　），又請楊子之豎追之。(列
子・説符 —— 省"追之"。)

5. 沛公謂張良曰：從此道至吾軍不過二十里耳。（　　）度我
至軍中，公乃入。(史記・項羽本紀 —— 省"公"。)

6. （　　）夜聞漢軍四面皆楚歌，項王乃大驚曰：漢皆已得楚
乎？(史記・項羽本紀 —— 省"項王"。)

7. 漢既誅布（指黥布），（　　）聞建諫之，高祖賜建號平原
君。(漢書・朱建傳 —— 省"高祖"。)

15.5 習慣省

習慣省所包含的範圍很廣,凡是不屬於對話省、承前省或蒙後省的,都可以包含在這裏面。下面且以自敍、書札和格言、諺語為例:

1. ( ) 得西山後八日,尋山口西北道二百步,( ) 又得鈷鉧潭。(柳宗元,永州八記)

2. ( ) 得楊八書,( ) 知足下遇火災。(柳宗元,賀進士王參元失火書)

3. ( ) 疾愈,( ) 與之同遊清泉寺。(蘇軾,遊蘭溪)

4. 是歲十月之望,( ) 步自雪堂,( ) 將歸於臨皋。(蘇軾,後赤壁賦)

5. ( ) 謁寇萊公祠堂,( ) 登秋風亭。(陸游,入蜀記)

6. 溫故而知新,可以為師矣。(論語・為政)

7. 恭則不侮,寬則得眾,信則人任焉,敏則有功,惠則足以使人。(論語・陽貨)

8. 博學之,審問之,慎思之,明辨之,篤行之。(禮記・中庸)

9. 求則得之,舍則失之。(孟子・告子上)

10. 不入虎穴,焉得虎子。(后漢書・班超傳)

上面這十個例子,前五個是自敍或書札,省略的主語可以補出;後五個是格言或諺語,通常並不需要主語。因而有人對後面這樣的例子不認為省略。我以為可以活看。

還有像下面這些句子,所省略的並非主語,而是謂語或謂語中心詞,就要根據具體情況,或認為省略,或不認為省略了。

1. 好言自口 ( ),莠言自口 ( )。(詩・正月)

2. 賊由太子（　）。（左傳・僖公四年）

3. 牛羊（　）父母，倉廩（　）父母，干戈（　）朕，琴（　）
朕，弤（　）朕，二嫂使治朕棲。（孟子・萬章上）

4. 其北則（　）康居，西則（　）大月氏，西南則（　）大夏，
東北則（　）烏孫，東則（　）扜罙于窴。（史記・大宛列傳）

這些例子，如認為省略，當然也可以將所省之字補出，不過補甚
麼字卻是要斟酌的。

15.6　特殊省略

本節所要談的省略，也許可以作為習慣省的一種來處理，不
過因為它有些特殊，所以就另闢一節來處理了。試看下面這些例
句：

1. 死馬且買之（　）五百金，況生馬乎？（國策・燕策）

2. 妻不下紝，嫂不為（　）炊。（國策・秦策）

3. 乃召高，與（　）謀事。（史記・李斯列傳）

4. 陳勝起（　）山東，使者以（　）聞。（史記・劉敬叔孫通列傳）

5. 兄沒（　）南方。（韓愈，祭十二郎文）

這些句子裏所省的是甚麼呢？不是主語，也不是賓語，也不是動
詞，而是介詞或介詞的賓語。如果把整個介賓結構省掉，那倒也
沒有甚麼，因為介賓結構通常充當狀語，省了狀語並不令人感到
句子缺少甚麼。但如果省去介賓結構的一方，就會令人感到缺少
甚麼了。

　　不過，這時如果缺少的是介詞，算不算省略還可以活看。因為在介詞不發達的時代，名詞本來就可以直接充當狀語的，並不一定是省略。認為省略了介詞，乃是根據後世的眼光來看的。但如果介詞後面沒有賓語，那就不能不認為是省略了。這時如果不添上賓語，進行句子分析就會發生困難。例如上面幾個例子，如果在

　　嫂不為（　　）炊，

　　與（　　）謀事，

　　使者以（　　）聞

這些結構中不添上賓語，就難以分析，所以一定要添。

　　道理雖是這樣，但在古代文言文中，有些介詞後面倒是經常省掉賓語的，所以也應該算是一種習慣省。

　　(一)"於"字的省略

　　1. 聞（　　）寡人之耳者……（國策・齊策）

　　2. 林盡（　　）水源。（陶潛，桃花源記）

　　3. 是兒少（　　）秦武陽二歲……（柳宗元，童區寄傳）

　　4. 荊州之民附操者，偪（　　）兵勢耳，非心服也。（通鑒・赤壁之戰）

　　(二)"以"後省略賓語

　　1. 明日，子路行以（　　）告。（論語・微子）

　　2. 對曰：忠之屬也，可以（　　）一戰。（左傳・莊公十年 —— 後世"可以"已成為合成詞。）

　　3. 老母在，政身未敢以（　　）許人也。（史記・刺客列傳 —— "以"字的賓語實即"政身"，但"政身"已提前作主語，故"以"字後應另補"之"字。）

    4. 民可以（　）樂成，不可與（　）慮始。（史記・滑稽列傳──
"以"同"與"。）

(三)"為"後省略賓語

    1. 不者，若屬皆且為（　）所虜。（史記・項羽本紀）

    2. 願為（　）市鞍馬，從此替爺征。（樂府詩集・木蘭辭）

    3. 即解貂覆生，為（　）掩戶。（方苞，左忠毅公逸事）

    4. 余思粥，擔者即為（　）買米煮之。（沈復，浮生六記）

(四)"與"後省略賓語

    1. 旦日，客自外來，（忌）與（　）坐談。（國策・齊策）

    2. 項伯乃夜馳之沛公軍，私見張良，具告以事，欲呼張良與
（　）俱去。（史記・項羽本紀）

    3. 唉！豎子不足與（　）謀！（史記・項羽本紀）

    4. 若備與彼協心，上下齊同，則宜安撫，與（　）結盟好。
（通鑒・赤壁之戰）

附錄

史存直論著目錄

〔專著〕

語音　新知識出版社 1957 年

現代漢語講義（緒論・語音篇）　華東師範大學出版社 1958 年

語法三論　上海教育出版社 1980 年

漢語語音史綱要　商務印書館 1981 年

語法新編　華東師範大學出版社 1982 年

漢語音韻學綱要　安徽教育出版社 1985 年

漢語語法史綱要　華東師範大學出版社 1986 年

句本位語法論集　上海教育出版社 1986 年

漢語詞匯史綱要　華東師範大學出版社 1989 年

語法新編（修訂本）　華東師範大學出版社 1989 年

三級部首檢音字匯　華東師範大學出版社 1990 年

漢語音韻學論文集　華東師範大學出版社 1997 年

〔論文〕

1937 年

・ 中國文字羅馬化運動中的若干問題，《中華教育報》第 1 卷第 6 期

1940 年

・ 論"的、底、地、的"的分合，《中國語文》第 2、3 期

1946 年

・ 論北方話的優越性（上），《改造雜誌》第 1 期

1947 年

- 論北方話的優越性（下），《改造雜誌》第 2 期
- 中國文字改革運動的過去和現在，《中華教育界》第 1 卷第 4 期
- 論中國字羅馬化的原則，《中華教育界》第 1 卷第 5 期
- 日本文字的演變歷史，《日本論壇》
- 日本文字改革問題，《日本論壇》
- 現行拉丁化方案需要修正嗎？《時代日報・新語文》4 月 30 日、5 月 7 日
- ローマ字化運動に就いて，《改造評論》（日文）

1949 年

- 中國話寫法羅馬化之研究（上），《中國語文》（上海）創刊號
- 讀了應昌期先生的 SYDX 之後，《中國語文》（上海）創刊號
- 關於中國語中的前置詞，《中國語文》（上海）創刊號

1954 年

- 論遞係式和兼語式，《中國語文》第 3 期
- "的"字是不是詞尾？《中國語文》第 4 期

1955 年

- 關於補語，《語文學習》第 2 期

1956 年

- 我對於修改ㄐ、ㄑ、ㄒ拼音法的意見，《拼音》第 3 期
- 塞擦音是不是複輔音？《語文教學》（華東）第 6 期
- 談表語和敍述句、描寫句、判斷句的劃分，《語文學習》第 7 期
- 甚麼是詞兒？《中國語文》第 3 期
- 談談漢語拼音方案（草案）的正式字母和代用式，《語文知識》第 8 期
- 論漢語語音教學的系統問題和順序問題，《語文教學》（華東）第 10 期
- 再論甚麼是詞兒？《中國語文》第 9 期

1957 年

- 語言為甚麼要用聲音做它的外殼？《語文知識》第 1 期

- 北京話音位問題商榷,《中國語文》第 2 期
- 關於"元音"和"輔音"的區別,《華東師範大學學報》第 2 期
- 拼音字母不必限制在 26 個拉丁字母之內,《拼音》第 6 期
- 對漢語拼音方案的修正意見,《拼音》第 6 期
- 和徐恩益先生討論語言的物質外殼問題,《語文知識》第 8 期
- 從音位學看漢語的字調(聲調),《中國語文》第 9 期
- 論詞兒和判定詞兒的方法,《語文論集》第 1 集
- 對《漢語拼音方案(草案)》的意見,《漢語拼音方案草案討論集》第二輯

1958 年

- 從語音教學觀點看漢語拼音方案,《語文教學》(華東)第 2 期
- 應該讓拼音文字的試驗和普通話的推廣齊頭並進,《中國語文》第 2 期

1959 年

- 關於詞兒連寫問題,《語文教學》(華東)第 11 期

1960 年

- 試論漢字排檢問題,《華東師範大學學報》第 1 期

1961 年

- 談談怎樣改良《部首檢字法》,《文匯報》5 月 23 日

1962 年

- 普通話異讀詞審音問題芻議,上海語文學會年會論文

1979 年

- 語法研究的兩個方向,《上海師範大學學報》第 1 期
- 談語法體系中的偏差,《上海師大語文函授通訊》第 2 期

1980 年

- 評幾種新的析句法,《華東師範大學學報》第 5 期

1981 年

- 句子結構和結構主義的句子分析,《中國語文》第 2 期
- 傳統語法與自美國結構主義以來的幾種新語法,《安徽師範大學

　學報》第 2 期

* 説反切，《語文論叢》（第一輯）

1982 年

* 從漢語語序看分佈理論，《語言教學與研究》第 1 期
* 邏輯和語法，《常德師專學報》第 2 期

1983 年

* 也談句型，《華東師範大學學報》第 4 期

1984 年

* 再論詞分類標準問題，《天津師專學報》第 1 期
* 關於由 "V 給" 引起的兼語句，《上饒師專學報》第 3 期
* 兩套句成分的優劣比較，《杭州大學學報・增刊・語言學年刊》第 14 期
* 《教學語法論集》讀後感，《華東師範大學學報》第 4 期
* 古音 "之"、"幽" 兩部之間的交涉，《音韻學研究》第一輯

1985 年

* 從對外漢語教學觀點看所謂漢語的 "連鎖複句"，《語言教學與研究》第 1 期

1986 年

* 日譯漢音、吳音的還原問題，《音韻學研究》第二輯

1987 年

* 結構主義語法評議（上），《徽州師專學報》第 2 期
* 結構主義語法評議（下），《徽州師專學報》第 3 期

1989 年

* 簡單介紹我的 "三級部首檢字法"，《華東師範大學學報》第 6 期

　1992 年

* 走向拼音漢字的一條新路，《華東師範大學學報》第 3 期

1993 年

* 從索緒爾到布龍菲爾德，《華東師範大學學報》第 3 期